Mein Sommer mit Taylor

Geschichten von der Auszeit

Karoline Harthun

Mein Sommer mit Taylor

Geschichten von der Auszeit

Die Deutsche Nationalbibliothek verzeichnet diese Publikation in der Deutschen National-bibliografie; detaillierte bibliografische Daten sind im Internet über dnb.dnb.de abrufbar.

© 2025 Karoline Harthun

Verlag: BoD · Books on Demand GmbH,
In de Tarpen 42, 22848 Norderstedt, bod@bod.de
Druck: Libri Plureos GmbH, Friedensallee 273,
22763 Hamburg

ISBN: 978-3-7693-2775-5

INHALT

MEIN SOMMER MIT TAYLOR

Wir liegen im Nachtzug von Berlin nach Graz. Die Sitze haben wir ausgezogen und eine Liegefläche geschaffen, die an ein Matratzenlager in einer Berghütte erinnert. Bloß, dass wir hier nur zu zweit liegen. Meine Tochter und ich. Für mehr Leute wäre auch kein Platz. Seitlich wölbt sich die Fläche nach oben, sodass ich immer wieder in die Mitte rutsche. Um das zu verhindern, klemme ich mein linkes Bein – das gute Bein – an dem abschüssigen Ende fest, so weit es geht.

Ich will nicht in die Mitte rutschen, um meine Tochter nicht beim Einschlafen zu stören und und um sie nicht unnötig zu berühren. Lange werde ich so nicht liegen bleiben können. Hauptsache, sie schläft erst einmal ein; dann kann ich mich bewegen. Leider gibt es keine Möglichkeit, den Sitzwagen zu verdunkeln. Die Lichter der Bahnanlagen huschen die ganze Nacht über unsere Gesichter. Ich schlafe trotzdem erstaunlich fest.

Am frühen Morgen stelle ich vorsichtig meine Sitzreihe wieder her. Es dauert noch, bis wir in Graz ankommen. Wir haben nur wenig Verspätung. Im Licht der Morgensonne mache ich ein Foto von meiner Tochter. Sie wendet mir den Rücken zu, unter ihrem buntgestreiften Strandlaken als Zudecke, Kopfhörer im Ohr, wie immer.

In Graz bekommen wir den Zug nach Ljubljana. Es wäre sogar Zeit für ein kurzes Frühstück, aber weil es keine Hafermilch gibt, fällt der Kaffee für meine Tochter aus. Sie begnügt sich mit einer trockenen Brezel, obwohl ich versuche, sie zu einem Apfelstrudel in der Konditorei Aida zu überreden. In Istrien kriegen wir wahrscheinlich keinen echten Apfelstrudel. Apfelstrudel kann man nur in Österreich essen.

Dies wird sich später als Irrtum erweisen. Dank hundertjähriger Habsburgerherrschaft schmeckt der istrische Apfelstrudel, den es bei fast jedem Bäcker gibt, köstlich und ohne Zweifel besser als in Berlin.

Der Anschluss in Ljubljana ist knapp bemessen. Doch wie üblich steht der Flixbus im Stau und wir haben mehr als genug Zeit für Mittagessen und erste Langeweile. Mit dem überraschend scharfen Curry, genossen an einer vierspurigen Straße, die an dem Bahnhof mit dem Charme einer unterirdischen Stadionanlage vorbeiführt, verdoppelt sich gleich die Augusthitze, die uns von nun an nicht mehr aus ihren Klauen lassen wird.

Der Bus, als er endlich kommt, steht weitere Stunden im Stau, sodass wir erst am

Abend in Poreč sind. Der Busbahnhof empfängt uns mit der typischen Mischung aus Räudigkeit und postsozialistischem Bauwahn. Hoffentlich bleibt es nicht so. Leider liegt unsere Ferienwohnung erstens zwei Kilometer entfernt – darauf habe ich bei der Buchung nicht geachtet –, und zweitens ist Nationalfeiertag in Kroatien, weshalb wir nichts zu essen kaufen können. Gefeiert wird die Rückeroberung der Krajina im serbisch-kroatischen Krieg, und der Tag trägt den offiziellen Titel „Tag des Sieges und der heimatlichen Dankbarkeit und Tag der kroatischen Verteidiger", als hätten sich die Namensgeber gegen den zu erwartenden Protest der Nachbarn mit barocker Überlänge wappnen wollen.

Der erste Eindruck ist niederschmetternd. Wir reden nicht darüber. Beide warten wir ab, wollen es nicht schon jetzt zur Krise kommen lassen, bemühen uns, die Notwendigkeiten anzuerkennen. Meine Tochter zieht kommentarlos ihren viel zu vollen alten Zweiradkoffer zwei Kilometer bergauf durch die monotone Neubausiedlung. Ich verliere kein Wort über die tarnfarbene Plastikhecke vor unserer Terrasse. Immerhin, ein richtiges Bett. Wir sinken hinein.

Am Vormittag, ich bin schon ein paar Stunden wach, erhebt sich meine Tochter irgendwann, unaufgefordert, schlurft die paar Schritte zum Bad, doch bevor sie es erreicht, kippt sie der Länge nach um und schlägt mit dem Kopf auf. Mir geht es durch und durch, ich springe auf, beuge mich über sie, versuche als Erstes herauszufinden, an welcher Stelle ihr Kopf aufgeschlagen ist. Neben der Türschwelle ist ein Stopper aus Metall im Fußboden verankert. Panik steigt in mir auf; ich denke, dass ich mich wie so oft nicht über die Notrufnummern im Ausland informiert habe, denke, dass ich kein Kroatisch spreche, denke: Das ist der Augenblick, den ich immer habe kommen sehen. Als Nächstes berühre ich vorsichtig ihren Kopf, suche Blut, finde keines. Dann wandert mein Blick wieder über den Fußboden und ein bisschen höher und ich sehe es: ein flaches Loch in der Wand.

Gott sei Dank. Mein Kind hat nur ein Loch in die Gipswand gehauen und nicht der Metallknopf ein Loch in ihren Kopf! Gips hat eine dämpfende Wirkung, und wirklich regt sie sich schon und schickt sich an aufzustehen. Die ganze Zeit habe ich sie laut bei ihrem Namen und mit Koseworten gerufen wie ein Kind, das beim Laufenlernen aufs Gesicht gefallen ist. Jetzt wird meine Stimme fester.

„Warte, nicht aufstehen. Bleib liegen. Soll ich dir was zu trinken bringen? Kannst du sehen? Ist dir schwindelig?"

Sie bleibt gehorsam sitzen, bedenkt mich aber mit einem Blick, als wäre mein Verhalten besorgniserregend und nicht ihres. Ich halte sie ein bisschen im Arm. Schließlich befreit sie sich und verschwindet für eine Stunde im Bad. Das ist normal, aber ich lausche die ganze Zeit, ob ich ungewöhnliche Geräusche höre.

Loch im Kopf. Auch ein guter Titel für diese Geschichte.

Als sie die Tür, die sie wie immer abgeschlossen hat, wieder öffnet, erblickt sie die gegenüber liegende Wand und sagt: „Oh, ich hab ja ein Loch in die Wand geschlagen." Ihre demonstrative Routiniertheit fällt von ihr ab, sie scheint sich mehr um die Wand als um ihren Kopf zu sorgen. Das Apartment war frisch renoviert, bis eben.

„Was machen wir jetzt? Kann man das reparieren?" Als ich nicht reagiere, weil mir die Wand höchst egal ist, wiederholt sie mit richterlicher Strenge: „Wie repariert man so was?" Ich weiß, dass solche Fragen ernst gemeint sind, und krame mein geringes handwerkliches Wissen hervor. „Ich schätze, man füllt das Loch mit Gips und spachtelt ihn glatt. Dann streicht man einfach über."

Damit gibt sie sich zufrieden. Als wir das Apartment am nächsten Tag verlassen, hinterlasse ich diskret 10 Euro. Nicht viel, aber für ein bisschen Gips wird es reichen.

Schon am ersten Tag geht es los, dass sie mich über Taylor abfragt. Ich weiß nichts. Meine Vorurteile sind äußerst pauschal. Ich weiß, dass Taylor sehr jung angefangen hat, Musik zu machen (im Alter meiner Tochter?), dass sie bei der letzten Wahl aufgerufen hat, die Demokraten zu wählen, dass die Klatschzeitschriften mal von einer Fehde mit Katy Perry vibrierten (die sie sich ausgedacht haben). Damals fand ich Katy, die ich mit meiner älteren Tochter live gesehen hatte, besser. Sie war lustig und sexy und hatte schwarze Haare. Taylor kam mir dagegen vor wie eine fundamentalistische Landpomeranze. Mit der Meinung stand ich nicht allein da.

Von den Attacken durch Kanye West habe ich erst vor Kurzem erfahren, obwohl wir „Reputation" schon im Sommer 21 (nur vier Jahre nach dem Erscheinen ...) im Piemont in unserem Mietwagen gehört haben. Dann fällt mir noch ein, dass meine Nichte, die mittlerweile auf die 30 zugeht, im Alter meiner Tochter ein großer Taylor-Fan war und ich damals dachte: Schade, dass ich die Einzige in der Familie mit gutem Musikgeschmack bin.

So wenig ist das eigentlich gar nicht, wenn ich darüber nachdenke. Aber ich kann keinen einzigen Song nennen. In den Augen meiner Tochter ist das verachtenswert. Im Laufe des Urlaubs wird sie mich dazu bringen, zumindest alle Alben in der richtigen Reihenfolge samt Erscheinungsjahr aufzuzählen. Und das Verrückte ist: Ich tue es gern. Um ihr einen Gefallen zu tun, um etwas mit ihr teilen zu können – gemeinsames Wissen ist Macht – und weil es mich wirklich interessiert. Weil ich mir wünsche, wieder 15 sein zu dürfen und ein Fan. Mit 55 kann man kein Fan mehr sein. Höchstens für ein paar betrunkene Stunden mitten in der Nacht, die man am nächsten Morgen lieber vergisst.

Ich kann es jetzt noch:

Taylor Swift (2006)
Fearless (2008)
Speak Now (2010)
Red (2012)
1989 (2014)
Reputation (2017)
Lover (2019)
Folklore (2020)
Evermore (2020)

Midnights (2022)
The Tortured Poets Department (2024)

„Red" vergesse ich meistens, und bei „TTPD" habe ich am Anfang natürlich immer „Dead Poets Society" gesagt. Der kundige Kommentar meiner Tochter hierzu: „Dann wäre es ja genauso wie der Film. Das wär ja doof."

In Poreč bleiben wir zwei Tage. Das Dorf ist wunderschön, aber final begraben unter einer Lawine von deutschen Autos, deutschen Bauchträgern und polyglotten Kellnern, die mithilfe artistischer Höchstleistungen die Touristen in ihre Lokale locken. Erstickt unter Souvenirläden mit Chinaschrott, worunter besonders Gummienten in allen Farben hervorstechen, sowie Süßigkeitenläden, die mit Anspielungen auf Johnny Depp unter falscher Piratenflagge segeln und uns in allen istrischen Ortschaften wiederbegegnen werden. Darin kann man kunstvoll gestapelte Türme aus Lutschern, Marshmellows und Badekugeln ähnlichen Objekten bewundern, die allesamt aus der gleichen Grundmasse hergestellt sind: 100% Zucker.

In der frühchristlichen Basilika, die mich zu Tränen rührt, sitzt meine Tochter lange still in der Bank und lässt mich gewähren. Früher hätte sie gemotzt, wann ich endlich fertig bin, die langweilige Kirche anzuglotzen etc. Als wir wieder auf die Straße treten, stolpere ich über eine Schwelle, versuche, mich zu fangen und lande auf beiden Knien. Mir ist das unendlich peinlich, aber meine Tochter eilt mir ganz unironisch zu Hilfe. Das gute Knie ist nur ein klein wenig aufgeschürft. Ich bemühe mich, auf dem schlüpfrigen Travertinpflaster bewusst aufzutreten.

Nachmittags suchen wir einen Ort zum Schwimmen. Doch nicht nur das Dorf ist erstickt, sondern auch das Meer. Die Wassertemperatur beträgt fast 30 Grad, und die Oberfläche ist in Ufernähe mit einem zähen Schleim überzogen, der die Farbe von Milchkaffee hat. Ich googele oder vielmehr ecosiere und finde heraus: Die gestiegene Meerestemperatur und die Einleitung organischer Stoffe begünstigen das Wachstum des Phytoplanktons. Das ist also der Milchkaffee: Trilliarden kleiner Meerespflanzen, die von der Strömung zu Feldern verdichtet und ans Ufer getrieben werden. Stranden können sie hier nirgends, weil es in Istrien keine Strände gibt; darum treiben sie als optische Barriere im Wasser. In der Ferne sehen wir das blaue Meer leuchten.

Verschwitzt liegen wir in der duftenden Pineta. Zwischen den Baumstämmen überall chaotisch geparkte Autos und achtlos hingeworfene E-Scooter, denn Touristen dürfen hier alles. Und das ersehnte Meer ist weiter weg als zu Hause in Berlin. Ein komisches Gefährt mit einem Mann darin, der frische Krapfen verkauft, fährt klingelnd vorbei. Zum Glück liegt fast kein Müll herum.

Das Internet ergeht sich in Beschwichtigungen, nennt das Phänomen euphemistisch „Meeresblüte", beteuert, dass es für Menschen vollkommen unschädlich, natürlichen Ursprungs und schon aus dem 18. Jahrhundert bekannt sei. Aber meine Tochter und ich wissen beide, was wir nicht auszusprechen brauchen: Es ist die Klimakatastrophe, die daran schuld ist, also wir. Schon wieder könnte ich heulen, aber diesmal nicht aus Angst um meine Tochter oder vor Rührung über 1500 Jahre alte Mosaiken.

Trotzdem begeben wir uns ohne große Lust in die Brühe hinein. Am nächsten Tag wird es besser. Wir reisen gen Süden, nach Rovinj, das Wasser sieht ganz okay aus, und ich verstehe nicht, warum ihre Stimmung jetzt einbricht, nachdem wir uns bislang so gut gehalten haben. Beim Stadtspaziergang geht gar nichts mehr. Obwohl es nicht so heiß ist, dafür schwül, obwohl man direkt von dem Felsen, auf dem die Altstadt erbaut ist, ins Meer springen kann, obwohl wir diesmal mitten im Zentrum wohnen.

1 6

„Was hast du denn? Geht es dir nicht gut? Hast du wieder Kopfschmerzen? Hast du genug getrunken? Willst du ein Eis essen?"

„Weiß nicht."

Wiewohl wir schon ein paar Tage im Urlaub sind und meine Tochter weiß Gott lang geschlafen hat, ist sie blass, hat Augenringe, gähnt in einem fort und schwankt beim Gehen, als würde sie auf Stelzen laufen, sodass ich befürchte, sie könnte wieder umkippen. Vielleicht ist sie unterzuckert. Wundern würde es mich nicht.

Ich breche den Rundgang ab, auch wenn wir nicht einmal zu dem berühmten Kirchturm hinaufgestiegen sind, der im Scheitelpunkt des Dorfes steckt wie eine zum Abschuss bereite Rakete.

„Wollen wir in die Ferienwohnung gehen und Netflix gucken?"

„Was sollen wir denn gucken?"

„Ich habe ‚Miss Americana' noch nicht gesehen. Du schon, klar, aber hast du Lust?"

Die dunkle Wohnung in dem spätmittelalterlichen Haus ist eine kühle Grotte. Wir legen uns hinein wie in eine Taucherglocke. Alle Fensterläden sind verriegelt. Kaum ein Laut dringt herein. Wir müssen den Film auf dem Handy gucken, weil wir uns im Fernseher nicht einloggen können. Ich schlage vor, dass wir uns abwechseln, aber sie hält das Handy die ganze Zeit fest in ihren Händen.

Alle zwei Jahre ein Album. Taylor arbeitet präzise wie eine Maschine. Die wenigen zeitlichen Unregelmäßigkeiten sind bezeichnend und erzählen eine eigene Geschichte. Drei Jahre Abstand zwischen „1989" und „Reputation" – Taylors Abtauchen nach der überwältigenden Verunglimpfung ihrer Person. Nur ein Jahr Abstand zwischen „Red" und „Folklore" und dazu noch zwei Alben in einem Jahr – Corona als Brutkammer der Schöpferkraft und Verinnerlichung, aber auch ein Schrei aus der Einsamkeit. Individuelle und intersubjektive Geschichte greifen ineinander. Ich verstehe ein bisschen besser, worum es bei Taylor geht.

Nach dem Film ist sie wie ausgewechselt. Heiter, aufgeräumt singt sie stundenlang im Bad. „Anti-Hero": „Sometimes I feel like everybody is a sexy baby, and I'm a monster on the hill." Von da an singt sie jeden Morgen und jeden Abend. Auf die Musik kann sie sich verlassen. Die Musik ist immer da. Jeden Tag schminkt sie sich eine Stunde lang, als ginge sie zu einem Date oder wenigstens in die Schule. Dabei ist sie nur mit ihrer alten Mutter zusammen. Einmal trägt sie die ganze Kunst sogar auf, bevor wir im Dunkeln die Wohnung verlassen, um eine Lightshow zu sehen, die dann nicht stattfindet.

Wenn wir durch die Straßen schlendern, folgen ihr die Blicke nicht mehr so ungeniert wie letzten Sommer. Sie ist kein bisschen weniger hübsch als damals, aber ich vermute, dass sie nicht mehr so schutzlos wirkt und darum die Männer ihre Blicke verstecken. Wir schlängeln uns durch die überhitzte, nachtfeuchte Altstadt und weichen nackten Körperteilen mit absurden Tattoos aus. Eine Frau hat sich eine menschliche Wirbelsäule auf den Rücken stechen lassen. Alle Restaurants sind voll, obwohl eines an das andere grenzt. Wir haben eh keinen Hunger.

Der nächste Tag wird gut. Völlig überraschend entdecken wir direkt vor unserer Haustür ein Café, wie man es hier nicht erwarten würde. Unversehens fühlen wir uns in die Großstadt zurückversetzt. Überall Hipster mit gepflegten Vollbärten, durchtrainierte blonde Frauen mit vorbildlicher Körperhaltung, verwöhnte Kinder, die ein Frühstück aus Zimtschnecken, Karottenkuchen, veganen Sandwiches und frischen Smoothies zum Preis von 30 Euro verzehren.

Größtes Hochgefühl: Meine Tochter ist in ihrer natürlichen Umgebung angekommen.

Plötzlich sitzt sie aufrecht und beobachtet aufmerksam, was um sie herum geschieht. Amüsiert nehme ich die vielen Sprachen wahr, die hier durcheinanderpurzeln. Sogar Amerikanisch ist dabei, das man sonst hier nicht hört. Die dunkelhaarige Kellnerin ist attraktiv und selbstbewusst. Sie lässt sich von den aufgeblasenen Kunden nicht aus der Ruhe bringen. Ihr Englisch ist perfekt. Ich hätte Lust, mit ihr zu flirten. Wenn ich 20 Jahre jünger wäre. Und wenn ich wüsste, wie das geht.

Wir bestellen den gleichen Luxus wie alle anderen. Es gibt sogar Hafermilch. Die Kellnerin zuckt nicht einmal mit der Wimper, als ich danach frage. Am Tresen steht ein Beaurista mit prächtigem langem Haar, kunstvoll zu einem Knoten geschlungen. Er bedient konzentriert die meterlange Kaffeemaschine, findet aber zwischendurch Zeit, den Kindern, die daran gewöhnt sind, ihre Wünsche zu erfüllen. Er versorgt sie mit Milchschaum, Bonbons und Erläuterungen zu unterschiedlichen Kaffeefarben, an denen man die Sorte und die Röstung erkennt.

Ein Familienvater aus NRW tut so, als wäre er Österreicher, indem er wie ein Mantra alle 30 Sekunden „Subba" sagt, und löchert den Beaurista mit Fragen. Wie viel kostet die Maschine? Lohnt sich ein

Upgrade? Was hält er von der Maschine, die in seinem Büro steht, und von seiner zu Hause? Welche Kaffeesorte nimmt er für den Macchiato und welche für den Latte? Der Magier beantwortet geduldig alle Fragen. Die Maschine funkelt kostbar. Wollen wir sie Taylor nennen? Kaum.

Gestärkt machen wir uns auf die Suche nach einer Badebucht. Mehrere Kilometer weit müssen wir durch eine Hotelanlage laufen, und ich verfluche die Idiotie der Flächenversiegelung. Auf dem gepflasterten Pfad, neben dem in kleinen Pferchen winzige Bäumchen wachsen, ist es mindestens zehn Grad heißer als im Pinienhain, den wir schließlich erreichen. Ganz am Ende der Halbinsel stoßen wir auf eine Bucht, wie ich sie am Mittelmeer erwarte: wild, romantisch, relativ einsam und weitgehend schleimfrei. Dafür nehmen wir in Kauf, auf spitzen Steinen zu liegen. Die Stunden zerfließen, irgendwann gucke ich auf die Uhr und sage: „Wahnsinn, schon halb sechs." Das liebe ich am meisten am Sommer im Süden: den totalen Zeitverlust. Und das Salzjucken auf der Haut. Nein, das nicht, aber es gehört dazu.

Meine Tochter ist den ganzen Tag gut drauf, auch als ich sie im Cabo schlage, was selten vorkommt.

„Du assiges Kalb."

„Du kranker Schuft."

Das ist die falsche Erwiderung, ich weiß.
„Kranker Schuft" passt nicht zur Situation,
aber der Ausdruck gefällt mir so, und ich bin
unsensibel für die Nuancen ihrer selbst
erfundenen Beschimpfungen. Verstanden
habe ich nur: Je rüder es klingt, desto zärt-
licher ist es gemeint.

In der Bucht steht den ganzen Nachmittag
lang eine Möwe fast unbeweglich auf einer
Felsspitze. Eine zweite Möwe, noch mit braunem Gefieder, läuft die ganze Zeit herum, als
würde sie etwas suchen. Erst nach Stunden
registriere ich, dass sie einen gebrochenen
Flügel hat. Er steht schräg von ihrem Körper
ab.

„Heilt der Flügel wieder?", fragt meine
Tochter.

Ich bezweifele es, angesichts der anatomi-
schen Fehlstellung.

„Vielleicht. Aber das Hauptproblem ist,
dass sie keine Fische fangen kann."

Beklommen beobachten wir, wie die
Möwe rastlos hin- und herläuft.

„Kann man sie nicht irgendwo hinbrin-
gen? Es gibt doch Auffangstationen und so
was."

„Nur für Schildkröten und andere seltene
Tiere, glaube ich."

Meine Tochter sucht im Internet nach Initiativen zur Möwenrettung, natürlich ohne Ergebnis. Die Möwe schaut uns an, als wolle sie fragen, ob wir nicht etwas zu fressen für sie hätten. Wir haben nicht einmal mehr Kekse. Ich kann den Blick nicht von ihr wenden. Wie lange dauert es, bis eine Möwe verhungert? Hat sie Fressfeinde? Mir fällt keiner ein. Höchstens andere Möwen.

Es gibt nichts, was wir tun können. Ich fühle mich hilflos. Der Tod und die Möwe gehören nun zusammen wie ein altes Ehepaar. Sie werden sich nicht mehr trennen. Trotzdem glaubt die Möwe, es gäbe noch Hoffnung für sie. Sie gibt nicht auf und verhält sich damit nicht anders als ein Mensch, mit dem Unterschied, dass der Mensch es schafft, sein Schicksal in manchen Fällen selbst zu bestimmen.

Als wir die Bucht verlassen und uns auf den Heimweg machen, sagt meine Tochter: „Hier würde ich morgen noch mal hingehen." Das ist eine ungewohnt klare Aussage. Ein Erwachsener würde stattdessen sagen: „Hier gefällt es mir." Beantwortet meine Tochter eine Frage mit „Weiß nicht", bedeutet das: „Gefällt mir nicht wirklich, aber wenn du drauf bestehst, würde es mich nicht umbringen." „Können wir machen" heißt: „Ich habe Lust darauf, will mich aber nicht festlegen."

Nach und nach lerne ich ihre Sprache, da ich jetzt, wo wir nur zu zweit sind und ich will, dass wir eine schöne Zeit miteinander verbringen, darauf angewiesen bin. Zu Hause pralle ich meist an diesem Gebirgsmassiv an Verschlossenheit ab, weil ich mich nicht genug anstrenge. Oder weil ich es mit Gewalt zu stürmen versuche, statt mich in die Trittspuren und Felsspalten hineinzuzwängen, die mir Zugang gewähren.

Der Abend vor unserer Weiterreise bleibt gelöst. Wir fühlen uns wohl in unserer Grotte, und es fällt schwer, sie wieder zu verlassen. Aber ich habe eine Bootsfahrt gebucht. Sonnenuntergang mit Delfinen.

Tatsächlich kriegen wir beides zu sehen, Delfine und Sonnenuntergang. Ungefähr 30 Ausflugsboote und private Yachten kreisen auf einer Meeresfläche, zwischen denen ab und zu zwei oder drei Rückenflossen auftauchen. Der Mensch ist ein verrücktes Wesen. 1000 Menschen flippen aus, wenn sie drei Delfine sehen. Das ist das Zahlenverhältnis, das wir der Evolution aufgezwungen haben.

Es ist ein Zirkus. Man kann nur hoffen, dass es den Delfinen egal ist. Vielleicht necken sie uns sogar, denn sobald sie an einer Stelle aufgetaucht sind, sind sie auch schon wieder weg. Der Bootsführer hält uns an, nicht so laut zu schreien, damit kein Chaos ausbricht und die Boote nicht versuchen, sich gegenseitig abzudrängen.

Der Sonnenuntergang auf dem Rückweg ist wie alle Sonnenuntergänge über dem Meer. So schlicht und jedes Mal so überwältigend. Ich widerstehe dem Drang, ihn wie alle anderen auf dem Boot nur durch die Kamera wahrzunehmen, und verbinde mich mit seiner Selbstverständlichkeit, so gut ich kann. Dass meine Tochter in einem fort fotografiert, ist okay. Schließlich will sie die gelungensten Bilder posten.

Am nächsten Morgen kehren wir in unsere Bucht zurück. Der Schleim ist wieder da, aber wir beschließen, ihn zu ignorieren. Die Strömung ist stärker als am Tag zuvor. Ich schwimme in eine andere Richtung und stehe minutenlang auf der Stelle, bis ich entnervt aufgebe und aus dem Wasser klettere. Wahrscheinlich besteht ein Zusammenhang zwischen Strömung und Schleim. Vollkommene Tage lassen sich nicht wiederholen.

Meine Hoffnung, dass die Möwe mit dem gebrochenen Flügel über Nacht auf wundersame Weise geheilt worden ist, erfüllt sich nicht. Immerhin lebt sie noch, und ich verstehe jetzt auch, wie sie das schafft. Sie sucht nach Wasserlöchern in den Felsen und frisst

Muscheln und Krebse. Wie lange wird ihr das genügen? Einmal hüpft sie dicht an die gesunde Möwe heran, die hier zu wohnen scheint, und bettelt sie um Futter an, wie es Jungtiere tun. Die ältere Möwe sieht sich das eine Weile an, dann fliegt sie weg. Möwen sind nicht anders und nicht besser als Menschen. Mit einem Gefühl der Vergeblichkeit machen wir uns auf den Weg zum Busbahnhof.

Unser nächstes Quartier in Bale hat die Ausmaße eines Wandschranks und nicht einmal ein Fenster. Dafür ist das Dorf drumherum umso idyllischer, und ich atme befreit auf, weil sich die Zahl der Touristen in Grenzen hält, denn wir sind nicht mehr am Meer. Meine Tochter zieht es vor, sich sofort ins Bett zu legen, statt mit mir durch die verwinkelten Gassen zu streifen. Ich gebe mir Mühe, ein Lokal zu finden, das Vegetarier sattmacht, und hole sie ab, nachdem ich eines gefunden habe. Diesmal lande ich einen Volltreffer. Denke ich. Laut Karte gibt es interessant zusammengestellte Salate mit Nüssen und Kichererbsen und Nudelsaucen jenseits von Bolognese und Carbonara. Kaum haben wir uns niedergelassen, erklärt der Kellner, dass die Küche keine Kapazitäten habe, für uns zu kochen. Frustriert stehen wir wieder auf und fangen von vorn an, haben aber Glück, weil das Lokal, in dem wir am Ende landen, zwar unangenehm posh aussieht und der Kellner alle drei Minuten nach unserem Befinden fragt, aber der Koch wirklich kochen kann.

Plötzlich, ohne Vorwarnung kippt die Stimmung, als hätte man einen Schalter umgelegt. Meine Tochter kann nicht einmal warten, bis ich bezahlt habe. Sie steht einfach auf und geht allein los. Ich lasse mir Zeit. Trotzdem ist sie nicht in der Ferienwohnung, als ich heimkomme. Inzwischen ist es dunkel geworden.

Ich setze mich in einem wackligen Korbsessel auf die Straße. Die alten Frauen, die vor den Kordelvorhängen an ihren Eingangstüren saßen und rauchten, sind verschwunden. Die gelben Laternen tauchen die Straßen in ein mystisches Licht. Ein verliebtes Paar kommt vorbei, küsst sich in dem perfekten Schein und macht eng umschlungen Selfies. Die mittelalterlichen Häuser geben eine romantische Kulisse ab. Jedes hat eine andere Firsthöhe; sie stehen durcheinandergewürfelt wie Teenager, manche schamlos in die Höhe geschossen, andere trotz aller Anstrengung klein geblieben. Ich stelle mir vor, die schlanken Bürgerhäuser mit den gotischen Fensterbögen seien die Mädchen, die auf die Jungen herabschauten, welche hier von gedrungenen Werkstätten und Lagerhäusern verkörpert werden.

Ich sitze und schaue vor mich hin, wie eine Einheimische, passe mich perfekt meiner Umgebung an. Sitzen und Beobachten sind ja die Hauptbeschäftigung aller Dorfbewohner auf der ganzen Welt. Was soll man hier sonst tun? Vielleicht wirkt es aber nur auf uns paranoide Stadtbewohner so, als würden Dörfler immer alles beobachten und kontrollieren. Vielleicht meditieren sie in Wahrheit nur.

Die Dunkelheit verschluckt mich, und bald weiß nur noch ich selbst, dass ich da bin. Es dauert eine ganze Weile, bis meine verlorene Tochter erscheint. Sie geht an mir vorbei ins Zimmer und legt sich wieder ins Bett.

Wenn ich nur verstehen könnte, was mit ihr passiert, wenn sie so plötzlich die Rollläden herunterlässt. Es gibt keine Öffnungszeiten, nach denen ich mich richten kann, und auch keine Ankündigungen. Wahrscheinlich neige ich dazu, zu viel in diese Beziehungsabbrüche hineinzugeheimnissen. Jedes Mal reagiere ich ausgesprochen alarmiert. Diesmal ist es vielleicht gar nichts Ernstes, und ich habe gar nichts falsch gemacht. Ehrlich gesagt glaube ich, dass sie sich ärgert, dass sie vorher das Dorf nicht mit mir besichtigt hat und dass sie das jetzt nachholen wollte. Jedenfalls hat sie sehr viele Fotos vom Sonnenuntergang gemacht.

Für einen Teenager fotografiert sie wenig, fällt mir auf. Entweder ist sie im Fotografiermodus, dann knipst sie unentwegt, oder sie lässt es – meistens – ganz sein. Und sie macht überhaupt keine Selfies. Wenn ich sie fotografiere, zieht sie ungehalten die Augenbrauen zusammen oder springt auf mich zu, sodass ich das Bild verwackele.

Ich gebe meinen Posten auf der Straße auf. Lange Zeit ist es still im Zimmer. Dann, ohne ihr Handy einen Moment aus den Augen zu lassen, sagt meine Tochter plötzlich:

„Was hast du eigentlich damals gemeint, dass Vayana zu mir passt?"

Zu Hause in Berlin habe ich unsere kleine Nichte und meine beiden Töchter nach ihrer liebsten Disney-Heldin gefragt. Die Siebenjährige wählte Schneewittchen, meine jüngere Tochter Vayana, die eigentlich Moana heißt, und die ältere Rapunzel. Ich nickte weise und sagte: „Das passt ganz gut zu euch allen dreien." Natürlich wollte meine jüngere Tochter, die jetzt neben mir liegt, damals schon wissen, was ich damit meinte. Als Einzige beharrte sie auf einer Antwort und musterte mich misstrauisch, weil ich dazu schwieg. Offenbar beschäftigt sie meine These immer noch.

Ich überlege, was ich ihr jetzt zur Antwort geben kann. So ausgereift war mein Gedanke damals nicht.

„Nun, ich finde, dass die drei Figuren etwas mit eurer Persönlichkeit und eurer Entwicklung zu tun haben. Ally ist erst sieben, sie identifiziert sich mit der Unschuld und Hilflosigkeit Schneewittchens. Sie glaubt noch an ein klassisches Weiblichkeitsideal. Edda ist rebellisch und hält sich nicht an Verabredungen, so wie Rapunzel, die heimlich den Prinzen in den Turm lässt und damit die Macht der bösen Hexe bricht. Und du ..."

Ich muss meine Worte gut abwägen.

„Du sehnst dich danach, fortzugehen und mit der Natur zu verschmelzen. Eine Welt zu finden, in der Harmonie herrscht. So wie Vayana."

„Als ob!"

Sie sieht mich überrascht an, scheint aber mit meiner Deutung zufrieden zu sein. Vielleicht hat sie irgendeine Gemeinheit oder einen platten Kalauer erwartet.

„Wollen wir heute Vayana sehen?"

Sie nickt.

Und so kommt es, dass sich unser karger, fensterloser Wandschrank öffnet und wir durch unser tragbares Fenster einem Mädchen aus Polynesien dabei zuschauen, wie es gemeinsam mit einem Gott ohne Moral seine

Welt vor der Klimakatastrophe rettet. Ach, könnte meine Tochter doch Vayana sein!

Wir liegen eng beieinander; das geht, weil die Klimaanlage ihren Dienst tut, auch wenn sie dabei röhrt wie ein Didgeridoo. Das passt wenigstens thematisch zum Film. Meine Tochter streichelt mir nebenbei den Arm, und ich lege vorsichtig meinen Kopf an ihren. Unsere Aufmerksamkeit gehört der Südsee. In solchen Momenten, wenn etwas anderes im Mittelpunkt steht, dann ist sie wieder mein kleines Kind, das kuscheln will. Nur reden darf man nicht darüber.

Am kommenden Tag heißt es schon wieder Abreise, zurück ans Meer. Die Tage pendeln zwischen Packen, auf den Bus Warten, Ankommen, Chillen, ein passendes Restaurant Suchen, Chillen. Etwaige Lücken fülle ich mit selektiven Besichtigungen und immer wieder mit Versuchen, Badegelegenheiten zu finden, die uns mit dem Mittelmeer versöhnen könnten. Aber das Trauma sitzt tief. Einmal glaube ich, endlich einen schönen Strand mit klarem Wasser gefunden zu haben, und meine Tochter bleibt eine halbe Stunde im Wasser und übt Handstand, aber als sie zurückkommt, zieht sie ein Gesicht, als würde sie in den Krieg ziehen, und will sofort gehen. Sie hat durch ihre Taucherbrille keinen einzigen Fisch gesehen. Ich schwimme rasch ein bisschen und finde es eigentlich angenehm. Aber ich verstehe schon. Der Untergrund ist zu flach und mit Algen bewachsen. Wenn man im Wasser ist, sieht es nicht mehr blau aus, sondern braun wie unsere Brandenburger Seen. Als ich ihr am nächsten Tag anbiete, dass wir mit dem Bus weiter rausfahren könnten, um zu baden, winkt sie ab.

Die Hitze ist inzwischen unerträglich geworden. In Pula renne ich wie eine Bekloppte hin und her, zwischen dem Busbahnhof, um das aufgegebene Gepäck abzuholen, den Kirchen in der Altstadt, die ich sehen will, bevor sie schließen, und dem Obst- und Gemüsestand am Bahnhof, wo ich endlich eine süße Melone zu erstehen hoffe, nachdem uns die ersten beiden Exemplare aus dem Supermarkt enttäuscht haben. Im kühlen Kreuzgang des Franziskanerklosters würde ich gern verweilen. Aus der Kirche ertönt Klaviermusik. Erst denke ich an eine bestimmte Sonate von Beethoven, die ich vor Jahrzehnten in einer barocken Kirche direkt am Forum in Rom gehört habe. Diese Kirche wurde damals nicht elektrisch, sondern von Hunderten von Kerzen beleuchtet. Eine magische Nacht war das. Jetzt wird mir klar, dass es in Wahrheit Chopin ist, den ich gerade höre. Die Erinnerung hat mir den Kopf verdreht.

Eine Musikstudentin nutzt den Flügel, der in der Kirche steht, um zu üben. Ich setze mich ein Weilchen in die Bank und lausche. Die Musik, das gedämpfte Sonnenlicht im schlichten Kirchenraum, das den goldenen Schnitzaltar aus seinem Halbdunkel holt, die Luft, die zum Schneiden dick ist, als hätten sich die Jahrhunderte in ihr abgelagert, all das erfüllt mich mit stillem Glück. Als die Sonate zu Ende ist, klatsche ich, habe aber den Eindruck, dass es der Studentin unangenehm ist, daran erinnert zu werden, dass sie nicht allein ist. Ich stehe auf und gehe, muss zurück zu meiner Sphinx in die klimatisierte Wohnung. Auf dem Heimweg bewege ich mich wie eine Figur auf einem Spielfeld: Schattenfeld, drei Schritte in der Sonne, Schattenfeld, sechs Schritte in der Sonne, Schattenfeld.

In diesem Urlaub lernen wir, die wir zwei Tage Anreise auf uns nehmen, um nicht zu fliegen, den Wert von Klimaanlagen schätzen. Fast mein ganzes Leben habe ich Menschen verachtet, die ihre Häuser klimatisieren. Das Wetter ist doch die Wirklichkeit, in der wir leben, wie kann man es aussperren? Aber wer in gemäßigten, vom Golfstrom verwöhnten Breiten lebt, hat gut reden. Jetzt greife ich sofort, nachdem ich die Unterkunft betreten habe, zur Fernbedienung, wenn es der Vermieter nicht schon getan hat. Mein einziges Zugeständnis an meine Überzeugung ist, dass ich die Anlage nicht auf 21, sondern auf 26 Grad einstelle. Das ist immer noch bedeutend kälter als die Luft draußen.

Die Wohnung in Pula ist groß, funktional und geschmackvoll, eine nahezu italienische Mischung. Wir haben sogar getrennte Betten. Das ist gut, denn angeblich schnarche ich seit zwei Nächten. Das führt dazu, dass ich Angst vor dem Einschlafen habe und mich am Morgen nicht mehr so erholt fühle wie in den ersten Tagen.

Anfangs habe ich laut meiner Tochter nachts kein Geräusch von mir gegeben, sogar im Sitzwagen von Berlin nach Graz nicht. Das kann ich mir nicht vorstellen. Ich denke eher, dass ihr mein Schnarchen mittlerweile bewusst geworden ist, so wie man neben seinem Ehepartner im Bett liegt und darauf wartet, dass er zu schnarchen anfängt, wie er es jede Nacht zwischen eins und halb zwei tut. Wir haben uns halt aneinander gewöhnt, und es ist etwas Normalität in unser Zusammensein eingekehrt. Meine Tochter behauptet jedoch, dass sie nicht mehr müde sei und darum nicht mehr vor mir einschlafe. Einen anderen möglichen Grund verrate ich ihr nicht. Ich habe vor zwei Tagen mit dem Rauchen angefangen. Nicht viel, nur zwei Zigaretten am Abend, aber vor dem Einschlafen verklebt der Rauch meine Nase, und wahrscheinlich schnarche ich auch deswegen mehr.

Erst habe ich meinen Rückfall verheimlicht, mich hinausgeschlichen, während meine Tochter schon schlief, wohl wissend, dass ihre feine Nase den Gestank auch im Schlaf wahrnehmen wird, vor allem wenn ich im selben Bett liege. Dann dachte ich, das ist albern, das Kind ist ja nicht mehr sechs, und diese Heimlichtuerei ist peinlicher als meine Schwäche. Darum verkünde ich jetzt am Abend in künstlich belanglosem Ton:

„Ich weiß, du findest es blöd, aber ich gehe jetzt eine rauchen."

Sie vermeidet es, mich anzusehen, und knurrt nur:

„Mach halt."

Kein Protestschrei, keine Schläge, kein Versuch, mir die Zigaretten wegzunehmen. Stattdessen Resignation, Abgeklärtheit, eine Reaktion, die mir sagt: Was ist von Erwachsenen schon zu erwarten? Sie brechen immer ihre Versprechen.

Die getrennten Betten erleichtern mein Gewissen erheblich. Nur Kochen ist in der

Wohnung schwierig. Stadttouristen kochen nicht. Obwohl es nur eine Kochplatte und so gut wie kein Geschirr gibt, bereitet meine Tochter Zitronennudeln zu. Das ist ihre Geheimwaffe. Lässt sich in der Sparversion sogar auf einem Campingkocher zubereiten. Einfach eine aufgeschnittene Zitrone mitkochen und die Nudeln dann mit ein wenig Kochwasser, Olivenöl, ausgepresstem Zitronensaft, Zitronenschale, Knoblauch und jeder Menge Parmesan vermischen. Insgesamt gibt es dreimal Zitronennudeln in unserem einwöchigen Urlaub. Die zerknitterte Packung verstaue ich nach jeder Mahlzeit, so gut es geht, in meinem Rucksack, damit die Nudeln nicht brechen. Warum muss sie auch Spaghetti nehmen?

Nach dem Essen liegen wir stundenlang wortlos auf unseren Betten und starren ins Handy. Jede in ihr eigenes. Ich darf niemals wissen, was sie sich anschaut. Manchmal versuche ich, einen Blick darauf zu werfen, dann reißt sie es mir sofort weg. Heute spielen wir wohl beide unsere Spiele. Sie „World Chef" und ich „June's Journey". Mitten am Nachmittag verschwindet sie für eine Stunde ins Badezimmer.

„Was hast du so lange im Bad gemacht?", wage ich zu fragen, mit einer Zurechtweisung rechnend.

„Ich habe auf dem Fußboden gelegen", lautet ihre Antwort.

Wenn wir miteinander reden, tun wir es meistens auf Englisch. Oder Denglisch. In den letzten Sommerferien hat sie angefangen, wie Leni Klum zu sprechen, mit amerikanischem Akzent, falscher Satzstellung und eins zu eins übersetzten Redewendungen. Entweder spricht sie Deutsch mit amerikanischem Akzent oder Englisch mit deutschem Akzent, aber meist beides gleichzeitig. Ihr Deutsch wird dadurch genauso schaurig wie ihr Englisch, aber es macht Spaß. Die ganze Familie hat sie damit angesteckt. Sobald ich nach Hause komme, verfalle ich selbst in dieses Kauderwelsch. Manchmal rutscht es mir sogar Fremden gegenüber heraus.

Der Inhalt unserer Gespräche geht gegen Null. Sie zeigt mir alberne Memes, ich mache Wortspiele. Wir tauschen körperliche Befindlichkeiten aus. Hunger? Durst? Müde? Heiß? Was hättest du jetzt gerade am liebsten? Was fehlt dir am meisten? Ich schütte meine Fürsorge über sie aus und ernte in der Regel gutmütige oder aggressive Ablehnung, je nachdem. Ich breite meine Pläne für den nächsten Tag aus. Sie sagt nichts dazu. Wenn mir gar nichts mehr einfällt, küsse oder beiße ich sie. Kitzeln geht nicht, darauf reagiert sie mit kaum verhohlener Gewalt. Früher hat sie eine Zeit lang einen Selbstverteidigungskurs besucht. Als Kind liebte sie es, gekitzelt zu werden. Wir spielten ein Spiel namens Kitzelmonster, das darin bestand, dass sich die übermächtige Erwachsene auf das Kind warf und es abkitzelte. Das Kind durfte sich wehren und zurückkitzeln. Als die Kinder ungefähr acht waren, hörte ich damit auf, weil ich dann jedes Mal diejenige war, die zu Tode gekitzelt wurde. Und ich mag das gar nicht.

Nur wenn wir spazieren oder irgendwohin gehen, führen wir manchmal richtige Gespräche. Welche Leistungskurse sie wählen soll. Welcher Lehrer besonders ungerecht ist. Oder ich bemühe mich, ihr die zählbaren Schönheiten der Umgebung vor Augen zu führen. Zum Beispiel den nackten Stein, aus dem die istrischen Häuser gemauert sind. Er lässt sie aussehen, als stünden sie schon immer dort und nichts könnte ihnen etwas anhaben, kein Erdbeben und keine Immobilienspekulation. Selbst die Souvenirläden mit dem Chinaschrott gewinnen in diesen soliden und nützlichen Häusern einen Anflug von Ewigkeit. Die meisten Häuser sehen gleich aus, aber gerade in dieser Uniformität liegt etwas Verlässliches. Ist eines großzügiger gebaut, fällt es sofort auf.

„Guck mal, was für eine fantastische Villa!"

„Sieht räudig aus."

„Die müsste halt mal renoviert werden. Aber eigentlich ist es ein sehr schönes Haus. Und die Lage ist toll."

„Würdest du sie kaufen?"

„Was soll ich in Kroatien?"

„Und wenn sie in Berlin wäre? Wie viel würdest du dafür bezahlen?"

Mal wieder eine ernst gemeinte Frage. Ich überlege.

„Eine halbe Million."

Das Haus ist viel mehr wert.

„Ich würde unsere andere Wohnung verkaufen und einen Kredit aufnehmen. Dann könnten 500.000 reichen."

„Wenn ihr die andere Wohnung verkauft, wo soll ich dann wohnen?"

„In der Villa."

„Will ich aber nicht."

„Was hättest du gern für eine Wohnung?"

Auch ich kann ernst gemeinte Fragen stellen. Sie spielt das Spiel mit.

„Auf alle Fälle innerhalb des Rings. Richtig im Ring, nicht am Rand, nicht gerade noch so im Ring."

Sie meint den Berliner S-Bahn-Ring.

„In welchem Bezirk?"

„Ist mir egal. Im Ring halt."

„Wie groß?"

„Zwei Zimmer fände ich schon cool. Dann kann ich im Wohnzimmer ..."

„Du könntest mit jemand zusammenwohnen wie deine Schwester."

„Also, das will ich gar nicht. Ich hätte schon gern zwei Zimmer für mich. Oder, wenn es eine Ein-Zimmer-Wohnung ist, dann mit einer großen Küche."

„Und Balkon?"

„Fände ich angemessen."

Sie grinst, reißt die Augen auf, streckt mir die Zunge raus und zeigt ihre Zahnspange. Den letzten Satz hat sie wieder mit Leni-Akzent gesagt. Das ist auch so etwas wie ein Ironie-Signal. Natürlich weiß sie, dass es nicht angemessen, sondern vielmehr vermessen ist, als 15- oder 18-Jährige mit einer zentral gelegenen eigenen Zwei-Zimmer-Wohnung mit Balkon zu rechnen. Aber was soll ich heucheln. Sie weiß auch, dass wir unsere Privilegien nutzen, um unseren Kindern eine heile Welt inmitten einer untergehenden zu schaffen.

Die Fragen, die sie mir stellt. Ich kann kaum glauben, dass sie mir wirklich solches Wissen auf den unterschiedlichsten Gebieten zutraut. Offenbar ist an mir meine intellektuelle Kompetenz noch am überzeugendsten, wenn ich auch sonst eine lächerliche Person bin. Aber vielleicht fragt sie mich nur, weil kein anderer da ist.

„Wenn man einen Dienstwagen hat, muss man den selbst bezahlen?"

Noch nie habe ich über das Dienstwagenprivileg nachgedacht, außer dass es abgeschafft gehört.

„Wie tief ist das Wasser hier? Ist das eine Insel dort drüben? Kann man da hinschwimmen?"

„Wie macht man Strudelteig?"

Ich kann fast nichts davon beantworten und fühle mich ungebildet. Und dann wieder das Taylor-Rätselspiel.

„Von welchem Album ist dieser Song? Komm schon, du kannst es am Text erraten. ‚My castle crumbled overnight, I took a knife to a gunfight.'"

Ich rate richtig. Es ist „Reputation". Das ist einfach.

„Und der hier? ‚Back when we were still changin' for the better, wanting was enough, for me, it was enough to live for the hope of it all.'"

„Keine Ahnung."

„Es hat mit unserem Urlaub zu tun."

„Ich weiß es trotzdem nicht."

Sie ist enttäuscht. Ich bin eine taube Nuss.

Einmal läuft in einem Geschäft Musik im Hintergrund, und sie fragt mich sofort, von wem der Song ist. Es liegt nahe, dass er von Taylor sein muss. Aber vielleicht stellt sie mir eine Fangfrage. Ich bin unsicher, sage schließlich:

„Wenn du mich so fragst, ist es wahrscheinlich Tolle (eine alte Verballhornung von Taylor, die wir benutzen), aber ich bin mir nicht sicher. Ich kann es immer noch nicht hören."

Meine Tochter stößt ein mitleidiges Stöhnen aus und antwortet nicht. Kurze Zeit später merke ich selbst, dass das Lied unverwechselbar ist. Es ist „Cornelia Street", eines ihrer bekanntesten. Während wir Urlaub in Kroatien machen, plant ein Islamist (so bezeichnen ihn die Nachrichten) einen Anschlag auf Taylors Konzerte in Wien. Nachdem die Konzerte abgesagt worden sind, versammeln sich Fans in der Wiener Corneliusgasse, um ihre Trauer zu zeigen. Sie kennen offenbar den Titel des Songs, der in dieser Boutique in Pula läuft. Ich nicht, noch nicht.

Das ist das einzige Mal, dass ich meine Tochter in einen Schmuckladen locken kann. Sonst lehnt sie jede Aufforderung zum Konsum ab. Nun bin ich einfach hineingegangen, und sie ist mir gefolgt. Es ist herrlich kalt, fast zu kalt im Laden.

„Ich kaufe dir gern ein Mitbringsel zur Erinnerung. Wenn du irgendwas siehst, was dir gefällt, sag es mir."

„Ich brauch nichts."

Um die Hemmschwelle zu senken, kaufe ich einen Ring, der mir zu klein ist. Ich will irgendetwas von hier mitnehmen.

Ich gehe von Vitrine zu Vitrine und betrachte alle Ringe genau. Das Angebot wiederholt sich. Entweder die Ladenfläche ist zu groß für das Angebot, oder die Inhaberin will Vielfalt vortäuschen, oder sie geht davon aus, dass ihre Kunden nicht so aufmerksam sind wie ich. Später merke ich, dass andere Läden die gleichen Schmuckstücke verkaufen, die ich hier sehe.

Ich nehme mir nur deswegen so viel Zeit, weil ich möglichst lange im Laden bleiben will. Wegen der Kühlung, wegen des langen Nachmittags und weil ich aus dem Augenwinkel sehe, dass meine Tochter angefangen hat, Kettenanhänger und sich selbst im Spiegel zu betrachten. Sie findet einige, die ihrem Stil entsprechen, hängt sie aber alle wieder zurück.

Unauffällig schlendere ich zu ihr hinüber und tue meine Meinung kund, neutral, ohne Drängen. Eine bestimmte, eher abstrakte Kette finde ich ziemlich gut, bei den anderen verstehe ich ihre Einwände. Zu viel Kitsch.

Ich habe keinen Erfolg. Wir verlassen den Laden ohne Kette. Früher hätte ich die eine, die mir gefiel, einfach gekauft. Meine Tochter hätte sie dann nicht getragen, jedenfalls nicht sofort. Aber nach ein paar Monaten vielleicht oder nach einem Jahr. Neulich kam sie in einem Kleid die Treppe herunter, das ich vor zwei Jahren gegen ihren Willen gekauft hatte.

So etwas mache ich nicht mehr. Ich habe jetzt einen zu engen Ring, und sie hat nichts.

Der Vorfall in Wien beschäftigt mich. Es rührt mich, dass die Fans ihre Freundschafts-armbänder an einen dürren Baum in der Corneliusgasse hängen und die ganze Nacht singen und tanzen. Später bekommen manche von ihnen von anderen Fans Karten für die Londoner Konzerte geschenkt, als ausgleichende Gerechtigkeit. Ich weiß gar nicht, was ich großartiger finde: die Kraft, starke Symbole zu erfinden, die Freude, die sich nicht unterkriegen lässt, oder die Selbst-losigkeit, den Verlust anderer wiedergut-machen zu wollen. All das klingt zu schön, um wahr zu sein. Als könnte man auf die junge Generation hoffen! Aber es kann auch ein Medienhype sein, und von 450.000 Besu-chern der Londoner Konzerte sind nur zehn bereit, ihre Karten zu verschenken.

Im Café bringe ich das Thema auf. Meine Tochter wirkt nicht erschüttert. Sie lebt seit ihrer Geburt in einer Welt, in der einzelne junge Männer darauf aus sind, möglichst viele Menschen zu töten und anderen mit ihren Aktionen die Freude, Freiheit und Sicherheit zu nehmen. Ein grundsätzliches Misstrauen gegenüber Menschen und das Bewusstsein, dass man immer und überall in Gefahr lebt, sind ihr eingeimpft worden. Ich finde das traurig. Selten spreche ich mit ihr über solche Dinge. Ich schweige darüber, wie ich über das zu warme Meer schweige und über die Autokolonnen auf den Straßen.

Mein Schweigen ist kein Schuldeingeständnis. Ich halte nichts von der Vorstellung, dass meine Generation kollektiv schuld sei an dem Zustand, in dem sich die Welt befindet. Das ist keine Generationenfrage. Als ich im Alter meiner Tochter war, stellte sich mir die Welt genauso desolat dar wie heute, und das war sie ja auch. Und die damaligen Erwachsenen waren genauso ignorant wie die heutigen Erwachsenen. Es geht um ein grundsätzliches menschliches Fehlverhalten, das man in allen Generationen findet. Es fällt mir nicht schwer, in der Generation meiner Tochter auf den gleichen Egoismus zu stoßen, wenn ich nur die Augen aufhalte. Was ich zu vermeiden suche.

Ich schweige über solche Dinge aus Mitgefühl. Weil ich mich der Illusion hingebe, ich könnte die Härte der Welt für meine Kinder abmildern, wenn ich so tue, als würde ich sie selbst nicht bemerken. Aber der Kaiser ist nackt, das weiß ich natürlich ebenso wie die Fünfzehnjährige, die ihre hausgemachte Zitronenlimonade mit braunem Zucker verfeinert, während ich über menschliche Verworfenheit doziere.

Nicht einmal das Thema Incels scheint sie übermäßig zu schockieren. Vor unserem Urlaub hat ein junger Mann, über dessen Motive offiziell nichts bekannt ist, den ich mir aber nur als schwer psychisch krank vorstellen kann, drei Mädchen getötet, die in den Sommerferien an einem Tanzkurs zur Musik von Taylor Swift teilnahmen. Diese Tat wird in Incel-Foren gefeiert, weil kleine Mädchen, die Taylor Swift lieben, ja nur zu Bitches oder Feministinnen oder beidem heranwachsen können, also zu der Sorte Frauen, die Incels mehr als alles andere hassen. Da ist es schon besser, man sticht sie ab, wenn sie sechs oder sieben sind, bevor sie die zarte Seele eines heranwachsenden Mannes verletzen können.

Das Lied mit dem Titel „You're on Your Own, Kid" nimmt für mich dadurch eine drastische Bedeutung an. Bei Taylors Eras-

Tour wird jeden Abend ein Mädchen ausgewählt, das am Ende dieses Songs von Taylor selbst mit ihrem eigenen Hut gekrönt wird, so, als würde sie es damit markieren. Ein Hut, so rund wie eine Zielscheibe.

Manchmal passieren Dinge, die ich mir nicht hätte vorstellen können, trotz aller Abgebrühtheit.

An unserem letzten Morgen in Pula schläft meine Tochter besonders lang. In der großen Wohnung kann ich mich frei bewegen und bereite ein richtiges Frühstück vor. Ich besprenkele große Fleischtomaten und Paprikaschoten mit Olivenöl und geriebenem Parmesan, lege Pecorino und die mitgenommenen Pizzaränder dazu, koche Früchtetee, presse die letzte Zitrone aus, wärme den Apfelstrudel im Ofen, den ich tags zuvor gekauft habe, und schneide die Melone auf – endlich habe ich eine reife gefunden. Alles muss weg, denn wir haben nur noch eine Nacht, und die verbringen wir im Hotel, wo man nichts zubereiten kann.

Beim Essen hören wir laut Musik. Ich verstehe jetzt nicht mehr, wie ich Taylor so lange nicht aus anderen heraushören konnte. Mittlerweile erscheint mir ihr Kompositionsstil sehr charakteristisch. Ich habe sogar den Eindruck, dass sie mehr oder weniger immer denselben Song schreibt und ihn lediglich anders verpackt. Im Grunde hat sie sich nie von der Countrymusik entfernt und nur modernere Arrangements zugelassen. Mir fallen Taylors Manierismen und Vorlieben auf: abrupte Tonsprünge („Illicit Affairs"), synkopische Verzögerungen („The 1"), Verschleifungen von Silben und Tönen („Snow on the Beach"), American Yodeling („So High School"), rein vokalische Ausklänge am Songende („Who's Afraid of Little Old Me").

Diese Erkenntnisse behalte ich für mich, weil ich davon ausgehe, dass meine Tochter für Taylors musikhistorische Einordnung wenig Verständnis hat. Schon gar nicht für Thesen wie: Taylor Swift verhält sich zu Countrymusik wie Kate Bush zu keltischer Folklore. Würde ich so etwas äußern, wäre es vorbei mit dem Frühstücksfrieden.

Wir essen alles bis zum letzten Krümel auf. Es liegt eine Feierlichkeit in der Luft wie bei einem Abschied auf lange Zeit. Ein perfekter Morgen. Endlich haben wir einen Gleichklang erreicht, den wir uns gemeinsam erarbeitet haben, einen Moment, dessen Vergehen leider in ihm selbst heranwächst wie ein Keim in einer Nuss.

Warum muss etwas schon fast vorüber sein, damit sich Erwartung in Gewissheit verwandeln kann, bevor sie schließlich zur Erinnerung wird? Im Urlaub spürt man diesen Übergang besonders deutlich, weil sich dann das Leben zu einer Geschichte mit Anfang und Ende verdichtet. Während ich hier sitze und Taylor zuhöre, auf ihre Worte achte, die so glasklar aus ihr hervorperlen, als würde sie sie aus einem Schulbuch vortragen, weiß ich bereits: Dies wird bald Vergangenheit sein. Ich werde mich an diesen Urlaub mit meiner Tochter erinnern und diese Erinnerung als meinen wahren und einzigen Besitz herumtragen, bis er mir geraubt wird, von der Zeit, vom Tod, vom Vergessen.

Ich muss ein wenig weinen und wedele die Tränen mit der Hitze fort. Es ist nicht nötig, dass meine Tochter das sieht. Wir packen unsere Sachen und verlassen die wohltuende Sphäre der Wohnung. Vor dem Haus sitzt in strahlendem Grün eine Gottesanbeterin auf dem Asphalt. Wie es sich gehört, legt sie ihre Vorderbeine aneinander und wartet artig auf etwas, das wir nicht sehen können. Ich schaue mich um: kein grünes Fleckchen weit und breit. Meine Tochter sagt: „Die kann doch fliegen", und ich gebe mich damit zufrieden und hoffe, dass das Tierchen ohne uns klarkommt.

Für den Abschluss unserer Reise habe ich mir einen Höhepunkt überlegt. Wir setzen auf die Hauptinsel des Brijuni-Nationalparks über. Als ich meiner Tochter davon erzähle, ist sie im ersten Moment entsetzt. Wir werden mit einem Zug über die Insel tuckern oder vielmehr in einem Anhänger, der sich als Zug tarnt, aber von einem Elektroauto gezogen wird.

„In einem Tourizug? Mama!"

Sie nennt mich so selten „Mama", dass ich gleich weiß, es ist ernst.

„Mit allen Leuten? Und dann erzählt uns eine Tante auf Kroatisch irgendwelches uninteressantes Zeugs?"

„Ich habe eine englische Führung gebucht."

„Aber Mama! Das ist so ..."

Das Wort „peinlich" (oder „cringe") auszusprechen ist selbst peinlich. Man muss sich mit Andeutungen begnügen. Eindeutigkeit ist uncool, weil zu vernünftig, zu pädagogisch.

„Laufen willst du auch nicht, das sage ich dir."

Während wir auf die Fähre warten, kaufe ich beim Bäcker Burek. Seitdem ich mich nach Osteuropa traue, weiß ich, dass der Burek auf dem Balkan viel besser schmeckt als der türkische Börek in Berlin. Meine Tochter kann ich davon nicht überzeugen. Sie isst ein halbes Stück, gibt es mir zurück und hungert weiter.

Ich sehe mich um. Das Meer ist blau, der kleine Park vor dem Hafen sorgsam gestaltet und sauber. Große, alte Pinien spenden Schatten. Einige der Stämme sind zu Boden gesunken; sie werden durch Stützen aufrecht gehalten. Die Bars entlang der Promenade laden dazu ein, schon am Vormittag Aperol oder Hugo zu süffeln, obwohl ich weder das eine noch das andere mag.

Urlaubsklischees. Man hat hier verstanden, wie Tourismus funktioniert. Als ich vor 14 Jahren das erste Mal in Kroatien war, waren die Leute unfreundlich, motzten einen an, wenn die Kinder zu laut waren oder man auf der Kirchentreppe saß. Heute sind sie immer noch verhalten, geben dir aber das Gefühl, dass du eine wichtige Persönlichkeit bist, die über sie verfügen darf. Das ist es, was die Menschen im Urlaub wollten: koloniale Machtverhältnisse.

Die Fähre kommt, und wir quellen mit Hunderten anderer Besucher hinein. Alle Sitzplätze sind schon belegt, weil wir immer die Letzten in der Schlange sind. Aber die Überfahrt ist kurz. Die Insel leuchtet ja die ganze Zeit grün und saftig übers Meer und scheint zu rufen: Lasst das volle Schiff sein, schwimmt doch!

Auf der Insel angekommen erwartet uns eine angenehme Überraschung: Die Führerin, die uns im Zug begleiten wird, ist eine waschechte Engländerin und gestandene Frau. Es macht Spaß, sie mit größter Natürlichkeit plaudern zu hören, statt einer jungen Kroatin zu lauschen, die angestrengt ihr Uni-Englisch bemüht und keine Lust auf den Ferienjob hat, aber darauf angewiesen ist zu arbeiten, wenn andere Urlaub machen.

Joanna kommt aus Sheffield, und das hört man ihr an. Sie ist vor 32 Jahren der Liebe wegen in Kroatien hängen geblieben. Von Luft und Liebe lebt sie wohl auch; denn später erzählt sie uns, dass sie während der Corona-Zeit in der Olivenernte geschuftet hat. Wer von so harter, schlecht bezahlter Arbeit lebt, kann es nicht allzu dicke haben. Auch die Führungen, die sie hier im Sommer täglich auf der Insel anbietet, sind bei der Hitze sicherlich kein Vergnügen, obwohl sie sich das nicht anmerken lässt. Joanna ist in meinem Alter und nicht die Sportlichste. Außerdem hat sie sehr helle Haut und ist so blond, dass ich die ganze Zeit darüber nachdenke, ob sie sich erst gestern die Haare gefärbt hat, weil ich keinen Ansatz sehe.

Außer ein paar Familien aus Deutschland, Österreich, Italien und Belgien besteht unsere englischsprachige Gruppe vor allem aus einem Fähnlein italienischer Pfadfinder, die aufrichtig interessiert wirken. Einer der

Jünglinge kramt sogar sein erstaunlich flüssiges Deutsch heraus und fragt mich, wie es komme, dass in der alten Pinienallee immer ein kühler Wind weht. Eine Frage, wie sie meine Tochter stellen könnte. Ich fühle mich geschmeichelt, dass er mir allein aufgrund meines Alters so viel Sachverstand zubilligt, und versuche, mithilfe meiner physikalischen Grundkenntnisse eine Erklärung zu basteln. Aber vielleicht wollte er auch nur mal Deutsch sprechen.

Die Insel ist wirklich schön, unterscheidet sich jedoch auf den ersten Blick in keiner Weise von allen anderen kroatischen Inseln, die ich bisher gesehen habe, außer dass keine Menschen darauf leben. Allerdings berichtet Joanna, dass während der Saison doch jemand hier wohnt, und zwar über 100 Arbeiter, die jedes Jahr aus Nepal eingeflogen werden!

Joanna hat einen nüchternen Blick auf die Realität, und ich schätze sie dafür. Eine kroatische Fremdenführerin hätte uns bestimmt nicht mit dieser Information versorgt. Sie erzählt auch mit dezentem Sarkasmus von ihren Schwiegereltern, die das Leben niemals wieder so lebenswert fanden wie unter Tito.

Während der Zugfahrt stelle ich fest, dass die Insel vielfältiger ist als gedacht. Es gibt

Sümpfe, Salzwiesen, Wälder, Alleen, Tier-weiden, paradiesische Felsbuchten und einen 1600 Jahre alten Olivenbaum. Sie kommt mir vor wie ein Mikrokosmos adriatischer Land-schaften. Auf Inseln hat man manchmal dieses Phänomen: dass sich alles im Kleinen auf engstem Raum abbildet, was auf dem Festland weit auseinanderliegt.

Das Gleiche gilt für die Spuren, die Men-schen und Tiere auf der Insel hinterlassen haben. Die Dinosaurier haben sich hier als Erste verewigt, aber auch Römer, Byzantiner, Venezianer, Österreicher und nicht zuletzt die internationalen Strömungen der Moderne: Bohème, Faschismus, Sozialismus, Kapitalismus. Alles ist da.

Die Führung streift die Kulturschätze nur am Rande und konzentriert sich stattdessen auf ein obskures Sammelsurium. An den Orten, die mich am meisten anziehen wie die römischen Villen, fahren wir vorbei. Für uns ist anderes vorgesehen, das ich eher unter Horrorshow verbuchen würde. So werden wir durch ein Museum geschleust, das aus-schließlich der Verehrung Titos dient.

Unzählige Räume mit Fotos, die Tito im Beisein mehr oder weniger berühmter Staats-gäste – Sofia Loren taucht gleich mehrmals auf – oder auch mit Kindern, Frauen, Arbei-tern oder Tieren zeigen, die allesamt gläubig zu ihm aufschauen. Im Eingangsbereich wird man von einem überlebensgroßen Porträt des geliebten Marschalls und einer in Gold geprägten Inschrift empfangen, die ich nicht verstehe. Tito scheint ein sanguinischer Typ gewesen zu sein, denn er grinst auf jedem Bild bis über beide Ohren. Oft hat er seine Tochter, seine Frau und seinen kleinen weißen Hund dabei, der unserem eigenen kleinen weißen Hund zu Hause stark ähnelt. Meine Tochter findet es befremdlich, dass Tito den gleichen Hundegeschmack wie wir hat.

Im unteren Geschoss des Museums wird es noch gruseliger. Hier kann man Titos Tiere bewundern, die er zu Lebzeiten hat ausstopfen lassen. Tiger, Löwen, Giraffen, Bären, Affen – kaum ein Statussymbol aus der Tierwelt hat er ausgelassen. Kein Wunder, dass die armen Exemplare auf der Insel so schnell verstarben, wurden sie doch in winzigen Käfigen und unter ungünstigen klimatischen Bedingungen gehalten.

Vor dem Museum liefert man uns im Safaripark der Überlebenden ab. Hier fristet eine einsame alte Elefantenkuh ihr Dasein, deren Lebensgefährte sie bereits vor 14 Jahren allein zurückgelassen hat. Für die Museumsräume war er wohl zu groß; jedenfalls suchen wir ihn dort vergeblich. Außer der Elefantenkuh sehen wir Straußen und Zebras mit einem neu geborenen Fohlen, welches eine entzückende Ponyfrisur trägt. Zudem eine Meeresschildkröte, die mit dem Propeller eines Motorbootes kollidiert ist und sich hier auskuriert. Leider taucht sie nicht aus dem Wasser auf, und wir können nur ihren Umriss am Beckengrund ausmachen. Meine Tochter und ich haben das Handy gezückt, aber es gelingt uns nicht, ein Foto von ihr zu mitzunehmen. Auch die Elefantin bleibt im Schatten und präsentiert uns nur ihr Hinterteil. Es ist einfach zu heiß.

Das sind also die Orte, von denen man glaubt, dass sie für die Mehrheit der Inselbesucher am reizvollsten seien. So eine Massenführung erinnert einen von Zeit zu Zeit daran, was den Menschen bedeutsam erscheint. Oder erscheint es ihnen nur deswegen bedeutsam, weil Massenführungen sie daran hindern, überhaupt etwas anderes wahrzunehmen?

Im Safaripark haben wir zehn Minuten Aufenthalt. Pünktlich kehren wir zum Zug zurück. Unsere Plätze sind besetzt. Ich spreche die Leute, die darauf sitzen, auf Englisch an. Sie reagieren verständnislos und erwidern etwas auf Kroatisch. Ich ärgere mich ein bisschen, aber was soll's, steigen wir halt in den hinteren Zugteil ein. Als die

Fahrt weitergeht, verstehen wir, warum unsere Plätze weg sind. Die Führung ist jetzt auf Kroatisch. Offenbar sind wir in den falschen Zug eingestiegen. Ich rege mich halblaut darüber auf, wie das passieren konnte – schließlich habe ich viel Geld bezahlt, und bestimmt entgehen uns jetzt wichtige Informationen. Aber meine Tochter verbietet mir, Deutsch zu sprechen, damit niemand bemerkt, dass wir nicht dazugehören.

Vor lauter Unruhe kann ich mich gar nicht auf die romantische Landschaft konzentrieren, die an uns vorbeifliegt. Dank GPS sehe ich, dass wir uns wieder dem Ausgangspunkt nähern. Als der Zug hält, springen wir hinaus und gehen im Laufschritt zurück zum Treffpunkt, um unsere Gruppe zu suchen. Schon von Weitem mache ich die Halstücher der Pfadfinder aus und bin erleichtert, als ich Joannas britisch-unaufgeregte Stimme wieder höre. Man möchte sich gleich zum Tee mit ihr niedersetzen.

Auf dem Rundgang, der jetzt zu Fuß fortgesetzt wird, erweisen wir noch Robert Koch die Ehre, der die Inseln von der Malaria befreit und dafür zum Dank ein geschmackvolles Denkmal in einer idyllischen Schlucht erhalten hat. Dann stellt uns Joanna frei, ob wir sie nach einer Pause weiter begleiten möchten. Ich will nichts verpassen – letzter

Tag und Höhepunkt der Reise und das viele Geld –, und so finden wir uns nach der Erfrischung in einer Bar, die mutmaßlich aus echten Renaissance-Säulen erbaut ist, wieder bei Joanna ein. Die unverwüstlichen Pfadfinder sind mit von der Partie, sonst außer uns nur noch die belgische Familie.

Joanna hat nicht mehr viel Stoff auf Lager, dafür kommen wir nett ins Gespräch. Nach einer Stunde lassen wir sie ziehen, da sie uns in aller Höflichkeit zu verstehen gibt, dass es irgendwann mal gut ist.

Wir haben noch Zeit, bis die nächste Fähre geht. Leider habe ich keine Badesachen eingepackt, weil es auf der Website heißt, dass Baden fast überall auf der Insel verboten sei. Natürlich hält sich kaum jemand daran, und ich bereue es, weil das Meer hier so sauber ist, dass es meiner Tochter doch einmal gefallen könnte, ins Wasser zu springen. An Nacktbaden ist nicht zu denken. Ich hoffe auf den Strand am Festland.

Wir liegen unter Olivenbäumen auf einer Mauer und essen Pflaumen. Eine Möwe baut sich vor uns auf, und als meine Tochter auf die Toilette geht, stiehlt der Vogel eine Pflaume und schluckt sie blitzschnell herunter. Sein Hals wird dadurch ungelogen doppelt so dick wie zuvor; trotzdem hüpft er unbekümmert davon. Gegen die Fische, die er sonst verputzt, ist eine Pflaume wahrscheinlich ein Klacks.

Hinter der Bar, die eigentlich ein venezianisches Gehöft ist, geht eine Frau mit einem Müllsack in der Hand über den Hof. Sie sieht nicht nepalesisch aus. Die Nepalesen sind unsichtbar, wie es scheint.

Zum ersten Mal in diesem Urlaub höre ich Vogelgezwitscher. Die Hitze ist kaum spürbar. Es ist, als würde sie aufgesogen von der Stille und dem Schutzmantel der Bäume. Trotz der Touristenmassen ist es hier friedlich. Die Menschen scheinen nur die Kulisse abzugeben, hinter der der Ort in seiner wahren Natur unberührt bleibt. Ich bin froh, dass wir hergekommen sind.

Der Strand am Festland kann dagegen nur enttäuschen. Von der Insel aus betrachtet sieht er einladend aus, und nur wenige Menschen verlieren sich darauf. Doch ist man dann dort, verhält es sich genau umgekehrt: Der Strand ist nur das Bühnenbild für das Treiben der Menschen. Wie in einem Zerrspiegel: Was dort oben ist, ist hier unten. Der Frieden, den wir auf der Insel erfahren haben, ist rückblickend nichts als eine optische Täuschung.

Auch das Hotel ist nicht das, was ich erwartet habe. Es atmet einen in die Jahre gekommenen, ärmlichen sozialistischen

Luxus, der durch halbherzige Renovie-
rungen seinen Charme verloren hat. Das
Zimmer hat keinen Schrank und ist so eng,
dass wir unsere Sachen nicht unterbringen,
das Bett ist nur 1,40 Meter breit, und die
Klimaanlage funktioniert nicht.

Eigentlich bleibt uns nichts anderes übrig,
als nackt und ohne Decke zu schlafen. Das ist
ein Problem. Meiner Tochter ist ihr Körper
sehr wichtig, im Gegensatz zu mir. Sie lebt in
ihrem Körper, und sie liebt ihren Körper,
was ja keine Selbstverständlichkeit ist, vor
allem wenn man sich wie ich jenseits der
Wechseljahre befindet. Wenn sie schläft, breitet sie sich ungeniert im ganzen Bett aus und
verdreht ihre Arme und Beine in artistischen
Positionen. Sie spricht, lacht, weint und lebt
im Schlaf.

Angesichts dieser Reizüberflutung fühle
ich mich befangen. Auf gar keinen Fall kann
ich es mir erlauben, mich genauso zu
gebärden. Es liegt mir fern, meine Tochter in
irgendeiner Weise zu begehren, aber die Wirkung dieses jugendlichen Körpers an meiner
Seite ist derart stark, dass meine Gedanken
in eine unangenehme Richtung abschweifen.
Ich schwanke zwischen Bewunderung, Faszi-
nation und Fluchtinstinkt.

Also reiße ich mich zusammen, ziehe mein
Nachthemd an, decke mich zu, rutsche ganz

an den Rand des schmalen Bettes und schwitze mich tot. Egal, die Nacht geht vorbei, Humbert.

Den letzten Tag verbringen wir in gepflegter Langeweile. Meine Tochter hat das Meer endgültig aufgegeben. Eigentlich wollte ich noch einmal schwimmen; aber ich habe das Gefühl, es hat keinen Sinn mehr, sie ist nicht mehr zu überzeugen. Darum zermartere ich mir den Kopf, was man bis zum Nachmittag tun könnte. Mein Plan ist hier zu Ende. Mir fallen nur Aktivitäten ein, die entweder bei der Hitze zu anstrengend sind oder die sich an die Art von Touristen richten, zu denen wir uns nicht zählen. Weder interessieren wir uns für Befestigungsanlagen aus dem 19. Jahrhundert, noch lieben wir es, durch unterirdische Tunnelanlagen zu stolpern, auch wenn es dort kühl ist. Die Zeit für Freizeitparks ist ebenfalls vorbei. Da sind wir uns einig.

Ich habe gesehen, was ich sehen wollte, und ob ich meine Tochter zu neuen Wünschen bewegen kann, für die es bislang keinen Raum gab, bezweifele ich. Die Luft ist raus. Bislang habe ich es geschafft, meinen Horror vacui – was mache ich nur eine Woche lang allein mit einer Fünfzehnjährigen? – im Zaum zu halten. Jetzt nicht mehr. Aber ich rufe mich selbst zur Ordnung und

verbiete mir, mich dauernd bei ihr zu ent-
schuldigen, nur weil mir nichts mehr einfällt.

Wir kehren vorzeitig nach Pula zurück
und besuchen die Schildkröten im Kreuzgang des Franziskanerklosters. Zwar haben
wir genau die gleiche Art von Schildkröten
zu Hause, aber manchmal ist das Vertraute
auch das Schönste. Und wirklich ist meine
Tochter begeistert, vor allem weil wir mehrere Babyschildkröten entdecken, die offenbar an Ort und Stelle geschlüpft sind. Kurz
überlege ich, ob ich eines der Weibchen mitgehen lasse, die von der Überzahl der Männ-
chen gepiesackt werden. Technisch wäre das
kein großes Problem, da die alte Frau, die die
Eintrittsgelder einsammelt, überhaupt nicht
auf uns achtet. Ohne Schwierigkeit könnte
ich das Tier in meinen Beutel stecken, und
auch auf im Zug nach Hause würde sich
wohl keiner für mein lebendes Gepäck
interessieren. Aber die Vernunft siegt.

Nun kann ich meiner Tochter auch die
Kirche zeigen und ihr etwas über die Ästhe-
tik der Bettelorden erzählen. Neuerdings
hört sie sich meine abseitigen Vorträge, die
ich betont kurz halte, teilnahmslos an, ohne
sie zu kommentieren. Ich vermute, dass sie
sich tatsächlich etwas davon merkt. Ihr Hirn
ist wie ein Schwamm, und selbst wenn sie
sich nicht für den Inhalt interessiert, denkt

sie wohl mittlerweile: Wovon Erwachsene sprechen, könnte, und klingt es noch so sinnlos, irgendwann nützlich werden, und sei es nur, um eine gute Note in der Schule zu bekommen.

Danach machen wir uns auf die Nahrungssuche. Immer wieder das Essen. Es ist uns bislang nicht gelungen, Pasta Aglio e olio zu finden, obwohl die Küche in Istrien italienisch geprägt ist.

„Warum gibt es hier kein Essen wie in Berlin? Warum keinen Halloumi-Döner?"

„Weil Halloumi aus Zypern kommt."

„Aber in Berlin bekommt man den überall."

„Weil es in Berlin so viele Vegetarier gibt."

„Aber Olivenöl wird hier produziert. Sogar besonders gutes, hat Joanna gesagt. Warum kochen sie dann nicht Aglio e olio?"

„Weil das ein zu einfaches Gericht ist und sie dafür nicht so viel Geld nehmen können."

„Griechischer Salat ist auch einfach und nicht teuer. Den gibt es. Ich will aber nicht jeden Tag griechischen Salat essen."

„Immerhin kannst du jeden zweiten Tag griechischen Salat essen. Sei doch froh."

Da wir mehr als genug Zeit haben, wandern wir von Lokal zu Lokal und lesen jedes Mal die Speisekarte, die davor ausliegt. Man könnte meinen, dass die Stadtverwaltung allen Restaurants das gleiche Menüangebot vorschreibt. Jedes Mal gehen wir weiter, und die Kellner sehen uns mit diesem Blick hinterher, den sie für Touristen reservieren, wenn sie sich unbeobachtet glauben.

Fleischloses Essen als zivilisatorischer Standard hat sich in Istrien noch nicht herumgesprochen. Schließlich stoßen wir auf ein Bistro mit einer Karte, die sich von allen anderen unterscheidet. Es gibt sogar so etwas wie Krautsalat und Gemüsestrudel. Wir bleiben, und meine Tochter bestellt Pasta mit Rucola, Walnüssen und kleinen Tomaten.

Die Zeit klebt an uns wie Schneckenschleim. Gegenüber dem Bistro liegt ein Brunnen, in dem sich zwei kleine Mädchen abkühlen. Bestimmt sind sie Swifties, so heiter und genügsam hüpfen sie herum, ohne übermütig zu werden. Wie Taylor selbst. Am liebsten würde ich es ihnen nachtun.

Nach unzähligen Runden Cabo, die ich fast alle verliere, schlage ich vor, zum Busbahnhof zu gehen, obwohl wir immer noch viel Zeit haben. Stück für Stück bewegen wir uns auf das Ziel zu, bleiben hie und da stehen, versuchen, einen Zipfel, der bleibt, vom Urlaub zu erhaschen, etwas zu entdecken, woran man sich erinnern kann. Jetzt wäre meine Tochter sogar bereit, ein Mitbringsel zu kaufen, aber nun finden wir nichts mehr. Alles wirkt öde und schäbig.

Auf der Busfahrt bewundere ich die zerklüfteten Schluchten des Limski-Fjords und bedauere, dass ich den nicht mehr besuchen werde. Dies ist ohne Zweifel der schönste Abschnitt der istrischen Westküste. Irgendwann kommen wir mit dem Bus in Vrsar an, ziehen ein letztes Mal den Koffer den Berg hoch und treffen wie verabredet die andere Hälfte unserer kleinen Familie in einem typischen Ferienresort an der istrischen Adria.

Meine Frau ist mit unserer Nichte und einer Kindergartenfreundin unserer Tochter erst jetzt angereist. Sie wird mit den Kindern eine Woche bleiben, und ich werde allein nach Hause fahren, weil ich wieder arbeiten muss. Die Begrüßung fällt lapidar aus, ebenso der Abschied. Die beiden Teenager verschwinden sofort in ihrem Zimmer. Durch die Tür dringt ein Redeschwall, wie ich ihn in der ganzen Woche nicht zu hören bekommen habe. Kurze Zeit später begleiten mich alle zum Taxi.

„War schön mit dir!“, rufe ich meiner Tochter nach.

„Yooah“, juchzt sie und winkt, bevor sie mit ihrer Freundin um die Ecke biegt. Sie wollen zum Meer.

Ich habe es nicht eilig, weil ich weiß, es dauert zwei ganze Tage bis Berlin. Unterwegs ist genug Zeit, wenigstens einmal richtig lange zu schwimmen. In meinem Zwischenquartier in Funtana stehe ich um halb sieben auf und strolche über den schlafenden Campingplatz zum Meer. Das Wasser ist herrlich, und ich bin ganz allein.

Das war mein Sommer mit Taylor.

Als ich wieder in Berlin bin, höre ich nacheinander alle ihre Alben durch. Was mir jetzt erst auffällt: Während Popsongs im Allgemeinen von Wiederholungen leben, bemüht sich Taylor, so viele unterschiedliche Worte wie nur möglich in einem Liedtext unterzubringen, auch auf Kosten des Versmaßes und der Leichtigkeit. Ein grundsympathischer Mitteilungsdrang.

Als hätte sie an meine Tochter und unseren gemeinsamen Sommer gedacht, nannte sie einen ihrer Songs „Fifteen":

Du atmest tief ein und gehst durch die Eingangstür.

Dies ist der Morgen deines allerersten Tages.

Du sagst deinen Freunden, die du lang nicht gesehen hast, Hallo.

Versuchst, niemandem im Weg rumzustehen.

Denn wenn du 15 bist
und jemand dir sagt, en liebt dich,
dann wirst du em glauben,
weil du dir nicht vorstellen kannst,
dass es darüber noch irgendwas zu sagen
gibt, na ja,
– zähle bis zehn, begreife:
So ist das Leben, bevor du weißt, wer du
sein wirst,
mit 15.
Alles, was du wolltest, war, gewollt zu
werden.
Jetzt wünschst du, du könntest zurück-
gehen und dir erzählen, was du jetzt weißt.
Wenn du 15 bist, vergiss nicht hinzusehen,
bevor du dich verliebst.
Zeit heilt fast alles, habe ich herausgefun-
den.
Und du findest vielleicht heraus, wer du
sein sollst.
Ich wusste nicht, wer ich sein sollte,
mit 15.

August 2024

STERNE VON LA PALMA

Nachts lag ich wach, weil die Sterne in mein Zimmer strahlten, so hell, dass ich nicht schlafen konnte. Das war nicht der einzige Grund, aber ich beruhigte mich damit. Am Morgen brachte mir Matthias schwarzen Kaffee ans Bett. Etwas anderes war nicht im Haus. Das hatte er noch nie getan, aber wir kannten uns ja auch nicht besonders lang. Ich wusste nicht, was er mir damit sagen wollte: Sollte ich aufstehen? Liegen bleiben? Versuchte er mich auf die Arbeit einzustimmen, die wartete? Mir den Einstieg zu erleichtern oder, im Gegenteil, den Tag mit mir zu genießen? War es überhaupt möglich, den Tag zu genießen, ohne bald mit der Arbeit anzufangen?

Eine Kurzgeschichte erzählt einen überschaubaren Ablauf in verdichteter Form. Der Zeitraum der Handlung umfasst nicht mehr als wenige Stunden oder Tage, die Sprache ist einfach, die Zahl der Personen und Schauplätze begrenzt, ebenso die Dramatik der Ereignisse. Anfang und Ende sind offen.

Nach dem Kaffee ohne Milch und ohne Brot saß ich hoch oben auf der Zisterne auf einem verirrten Klappstuhl wie ein Regisseur, der sein Set überblickt. Unter mir erstreckte sich der Ozean, der sich meinen Regieanweisungen widersetzte und dennoch friedlich wirkte. Der Kater rieb seinen Kopf an meinen Füßen, sein Schwanz kitzelte meine nackten Oberschenkel.

Neun Monate im Jahr oder länger blieb der Kater allein, doch kam jemand zu Besuch, egal wer, stürzte er sich mit der größten Begeisterung auf jeden, ohne Ansehen der Person. Hauptsache Mensch. Er lebte allein, seit Simone sich entschieden hatte, nach Deutschland zurückzukehren. Ihr Haustier hatte sie zurückgelassen, das Klavier nicht. Es hätte unter der Feuchtigkeit gelitten und darunter, nicht gespielt zu werden. Der Kater hatte sich schon vor Simones Umzug hauptsächlich von Eidechsen ernährt.

Die meisten Texte, die als Kurzgeschichte ausgegeben werden, erfüllen diese Kriterien nicht. Vielleicht liegt es daran, dass die Kurzgeschichte in einer Zeit entstanden ist, als man noch glaubte, man könne das Allgemeinmenschliche in wenigen Worten beschreiben und erkennen, selbst wenn einem der Hintergrund unbekannt war. Heute finden wir uns nur im Konkreten wieder, weil uns das Allgemeine fremd geworden ist. Wir

beharren darauf, dass wir einander nicht mehr
verstehen, dass nur noch das Individuelle zählt.

Simones Garten versorgte Alejandro, ein
arbeitsloser Aussteiger aus Sevilla, der uns
gestern vom Flughafen abgeholt hatte. Mit 50
hatte sich Alejandro entschlossen, Englisch
zu lernen, sodass er mir einiges erzählen
konnte – über die Insel, über Simone, über
die klimatischen Veränderungen, die er seit
einigen Jahren beobachtete, über die Sterne,
die nicht mehr so hell leuchteten wie damals,
als er auf die Insel zog, trotz Emissions-
schutzgesetzen, EU-Statuten und allem. Auch
wenn die Sterne nicht mehr so viel Licht
abgaben wie früher, konnte ich trotzdem
nicht schlafen. Das sagte ich Alejandro aber
nicht.

Die Kurzgeschichte ist keineswegs aus der zeit-
genössischen Literatur verschwunden, aber sie ist
zu einer Fingerübung herabgesunken, zu einer
Talentprobe für angehende Autoren, mit der man
in relativ kurzer Zeit und mit begrenztem Auf-
wand seine erzählerischen Fähigkeiten demonst-
rieren kann. So etwas ist notwendig. Für Wettbe-
werbe, Stipendien, Lesungen, für alle Gelegen-
heiten, bei denen sich der Autor vor Publikum
präsentiert. Das Wichtigste an der Kurzgeschich-
te: Sie ist für eine Aufmerksamkeitsspanne

gedacht, die nicht wesentlich über eine Ziga-
rettenlänge hinausgeht.

Ich verließ meinen Beobachtungsposten
auf der Zisterne, nachdem mir endlich eine
blasse Idee gekommen war. Nichts Großes,
aber besser als nichts. Matthias war noch
nicht vom Einkauf zurück, und es war
höchste Zeit anzufangen. Der Kater stellte
sich mir in den Weg. Als ich ihn beiseite-
schob, biss er mir eher zärtlich als angriffs-
lustig in die Waden. Ich erschrak und trat
ihm aus Versehen in die Flanke. Er sah entsetzt und gekränkt aus. Ich hockte mich hin
und streichelte ihn. Dann erst ließ er mich
gehen.

Nun musste ich mich wohl an dem schmalen, wackeligen Tisch im Wohnzimmer
niederlassen und anfangen. Draußen schien
die Sonne zu hell, als dass ich die Schrift auf
dem Bildschirm hätte entziffern können. Die
Sterne bei Nacht, die Sonne bei Tag. Vielleicht war ich in letzter Zeit zu empfindlich
geworden.

Und doch will kaum jemand Kurzgeschichten
lesen oder verlegen. Anthologien verkaufen sich
schlecht. Der Leser fühlt sich betrogen, als habe er
kein vollwertiges Stück Text in der Hand. Als
habe er ein Wiener Schnitzel bestellt und Chicken

McNuggets bekommen. Und die Autoren selbst streben alle zur Königsdisziplin, dem Roman, obwohl es den genauso wenig mehr gibt wie die echte Kurzgeschichte.

Das Gemälde über dem Schreibtisch zeigte das Dreiviertelporträt einer sitzenden Frau im fortgeschrittenen Alter. Sie sah den Betrachter mit einem Gesichtsausdruck an, der zwischen Resignation und Milde lag. Auf ihrem Schoß reckte ein stattlicher roter Kater seinen Schwanz in die Höhe. Eine merkwürdige Darstellung.

Ich wusste, dass Simone gelegentlich selbst malte, aber das Porträt ähnelte ihr überhaupt nicht. Der Kater in der provozierenden Haltung konnte jedoch kein anderer sein als ihr eigener. Das Tier war Simones hiesiger Stellvertreter, ihr ewiger Türwächter, ihr kanarischer Hausmeister, und es schien absolut angemessen, dass er auf einem Gemälde in Simones Haus verewigt worden war.

Doch wer war die Frau auf dem Bild? Ich hatte sie weder hier noch anderswo je in Simones Gesellschaft gesehen. Wäre es nicht passender gewesen, Alejandro mit dem Kater zu malen? Von ihm gab es nirgendwo ein Porträt im Haus, obwohl dieser Ort ihn zum Existieren nicht weniger brauchte als den Kater.

*Die heutige Kurzgeschichte ist eine mündliche
Form, etwas, das man hört und nicht mit eigenen
Augen liest. Sie wird in angenehmer, kultivierter
Atmosphäre vorgetragen. Die Kunst des Vor-
lesens ist wichtiger als die des Schreibens. Auch
die Attraktivität, die Kleidung, das Alter und die
Stimme des Autors sind bedeutsam für den Erfolg
eines Textes.*

Meine Idee stellte sich als blasse Remi-
niszenz an einen meiner Lieblingsfilme
heraus. Nicht nur, dass das Grundmotiv dort
bereits treffender und poetischer entfaltet
worden war, es wurde auch auf originellere
Weise in die Handlung eingebettet. Mein seit
jeher lückenhaftes Gedächtnis hatte mir eine
eigene Erfindung vorgespiegelt, wo ich mich
in Wahrheit nur schlecht erinnerte.

Damit die Zeit nicht restlos vertan war,
begann ich die Frau auf dem Bild zu
beschreiben. Sie war mir zuwider wie die
Warze auf meiner linken Handfläche. Der
Abscheu vor ihr kitzelte immerhin einige
vitale Worte aus mir heraus.

*Nicht selten geben Amateure jeden ihrer
kurzen Texte als Kurzgeschichte aus. Die wesent-
liche Konzentration der Kurzgeschichte auf das
einzige, vorherbestimmte Ziel ist ihnen gleich-*

gültig oder unbekannt. Sie erzählen ganze
Lebensläufe auf wenigen Seiten und bezeichnen
das Ergebnis als Kurzgeschichte. Als wäre die
Länge eines Textes das entscheidende Merkmal,
um ihn in ein Gatter der Literaturwissenschaft zu
pferchen. Als wäre jede Flüssigkeit Suppe.

Draußen fuhr ein Wagen langsam durch
die Auffahrt. Steine spritzten gegen das
Chassis. Ein großer Ast knackte. Der Motor
erstarb, die Wagentür schlug zu und Schritte
knirschten auf dem Kies. Wurden lauter. Ich
drehte mich um und sah auf die Uhr, die
neben der Schlafzimmertür hing. Die Zeitan-
zeige rechts unten auf dem Computerbild-
schirm konnte ich ohne Brille schon lange
nicht mehr entziffern.

Es war gerade mal eine Stunde vergangen,
seit Matthias ins Dorf gefahren war. Was
konnte man in einer Stunde zustande bringen? Ganz gewiss konnte man in dieser Zeitspanne nichts Neues beginnen, viel weniger
etwas Altes beenden. Was erwartete er von
mir? Ich klappte den Rechner zu und ging
ihm entgegen.

Matthias stellte die Tüten mit den Ein-
käufen neben den Kühlschrank. Unter
seinem Arm klemmte ein frisches Brot. Er
hielt es mir hin und sagte: „Du hast doch
nicht gefrühstückt? Ich habe mich beeilt.“

Ein Vorteil der Kurzgeschichte, in der Vergangenheit wie in der Gegenwart, ist, dass sie nicht zu ausschweifenden Reflexionen einlädt. Anders als im Roman, der heute oftmals autobiografische oder autofiktionale Züge trägt, hat sich die Handlungsorientierung in der Kurzgeschichte einigermaßen behauptet. Gerade weil Kurzgeschichten für passagere Hörer bestimmt sind, erfüllen sie bereitwilliger die Bedürfnisse eines durchschnittlichen Literaturliebhabers. Und dieser wünscht sich Geschichten. Geschichten sind die Droge unserer erlebnisarmen Welt. Je weniger Zusammenhänge Menschen in ihrem eigenen Leben erkennen, desto mehr gieren sie nach der Logik der Narration.

„Das hättest du nicht gemusst", gab ich zurück. „Dich beeilen, meine ich. Ich habe kaum gemerkt, wie die Zeit vergangen ist. Und Hunger habe ich gar keinen. Aber der Kater, glaube ich. Hast du zufällig Katzenfutter mitgebracht?"

Matthias schüttelte den Kopf.

„Ich dachte, der ernährt sich selbst. In der Zeit, in der keiner da war, wurde er doch auch nicht gefüttert. Oder macht Alejandro das?"

„Wahrscheinlich nicht. Du hast recht. Aber es würde mir Spaß machen, ihn zu füttern, solange wir hier sind. Dann vergisst er uns nicht so schnell. Na ja, das nächste Mal kannst du ja was für ihn kaufen."

Matthias nickte.

„Ich mache jetzt schnell Frühstück und du arbeitest noch so lange, wenn du willst. Lass uns draußen auf der Terrasse essen. Dort hat man einen tollen Blick. Und nachher fahren wir ans Meer."

Ein weiterer Vorteil von Kurzgeschichten – zumindest für die Autorinnen und Autoren selbst – ist die schnelle Befriedigung, das überstürzte Erfolgserlebnis, wenn man einen Text fertiggestellt hat. Was man zu Ende geschrieben hat, kann einem keiner mehr nehmen. Das kann man stolz nach Hause tragen. Viele Menschen, die sich für Literatur interessieren, halten sich zwischen Beruf und Familie mühsam ein paar Stunden im Monat frei, um zu schreiben. Eine Kurzgeschichte ist in der Zeit durchaus zu schaffen. Und sie nährt die Illusion, ein produktiver Schriftsteller zu sein. Weil man ja etwas fertiggestellt hat.

Ich kehrte an meinen Schreibtisch zurück und weckte den Rechner aus seinem Schlummer. Aus dem Augenwinkel verfolgte ich durch das Fenster, wie Matthias eine Menge unterschiedlicher Lebensmittel aus dem

Haus trug und auf dem Terrassentisch anordnete. Fünf, sechs Mal lief er hin und her. Zuletzt holte er eine Vase und stellte eine Strelitzie aus dem Garten hinein. Als er mit allem fertig war, stand einen Moment andächtig vor dem gedeckten Tisch wie vor einem Altar. Dann stieg er auf die Zisterne, setzte sich in den Regiestuhl und schaute in die Ferne. Offenbar wollte er mir etwas mehr Arbeitszeit gönnen.

Mein Magen knurrte. Ich fixierte die Frau auf dem Bild. Ihr verzeihendes Lächeln schien mich zu verhöhnen. Ich zwang mich, Worte für diesen Gesichtsausdruck zu finden, aber als ich las, was ich bisher geschrieben hatte, stellte ich fest, dass meine Beschreibung überhaupt nicht passte. Sie strotzte vor Ungeduld und Gereiztheit und rutschte weg wie der Schotter in der Auffahrt. Dabei strahlte die Porträtierte nichts dergleichen aus.

Kurzgeschichten sind das liebste Thema aller Deutschlehrer. An keiner Textgattung kann man so gut Methoden des Erzählens erklären wie anhand einer Kurzgeschichte. Außerdem sind Kurzgeschichten leicht zu verstehen. Die Sprache ist alltäglich, der Inhalt auch. Man kann sich identifizieren. Die Kurzgeschichte ist wie geschaffen für Jugendliche und Ausländer, die in

*der deutschen Sprache Fuß fassen sollen. Auch als
Thema für eine Klassenarbeit eignen sich Kurzgeschichten hervorragend. Einen abgeschlossenen
literarischen Text in anderthalb Stunden ana-
lysieren, das schafft man sonst nur bei Gedichten.
Die aber bei den Schülern viel unbeliebter sind.*

Ich gab auf und ging wieder nach
draußen. Ließ mich am Tisch nieder und
meinen Blick über die vielen Speisen schwei-
fen, die Matthias aufgebaut hatte. Das meiste
davon würde ich niemals essen. Anchovis,
Oliven, Ziegenkäse, getrocknete Tomaten.
Fettiges Gebäck. Bräunliche Marmelade.
Fades Weißbrot mit großen Löchern. Matthias kam und setzte sich mir gegenüber. Er
lächelte mich an.

„Hast du was geschafft?"

Ich griff nach einer Tasse und konzen-
trierte mich auf deren Inhalt. Matthias wartete, bis ich getrunken und die Tasse wieder
abgestellt hatte.

„Wenn du möchtest, kann ich gern probe-
lesen. Woran arbeitest du eigentlich?"

*Wir alle mussten in der Schule Kurzgeschich-
ten lesen. Darum sind sie uns so vertraut. Vielleicht verbindet uns eine Hassliebe mit ihnen.
Was haben sie uns mit Borchert gequält! Oder
mit Wolfdietrich Schnurre. Aber was man so früh*

kennen lernt, prägt einen. Genauso wie Knallen
an Silvester. Auch wenn es dumm ist, man macht
es immer wieder.

Dann schlug die Stimmung um. Während
Matthias auf ein Lebenszeichen von mir wartete, sprang plötzlich der Kater auf den Tisch
und wütete wie der Riese im Märchen unter
all den sogenannten Köstlichkeiten, die Matthias beschafft hatte. Er fegte mit dem
Schwanz die Milch vom Tisch und wischte
mit der Tatze einmal durch die Schüssel mit
den Oliven, sodass sie durch die Luft flogen
wie feiste, schillernde Wanzen, die ich im
Garten entdeckt hatte. Er vergrub das Maul
tief in den Anchovis, atmete nebenbei den
Serranoschinken ein, klemmte den Ziegenkäse zwischen sein Gebiss, und all das, bevor
einer von uns reagieren konnte.

Matthias sprang auf und schrie. Er versuchte, den Kater zu packen, erwischte ihn
nicht, sondern stieß bei dem Versuch die
Blumenvase um. Ich fing an zu lachen. Der
Kater verschwand im Gebüsch.

Die Konjunktur der Kurzgeschichte in
Deutschland nach dem Zweiten Weltkrieg wird
häufig mit der „Stunde Null" erklärt, dem
Zusammenbruch der deutschen Kultur und dem
mühsamen Neubeginn. Die Kurzgeschichte

eignet sich dafür, von vorne anzufangen, etwas aufzubauen, weil sie eine nahezu voraussetzungslose Literatur schafft. Ihr Ziel ist es, verstanden zu werden, ohne dass man etwas wissen muss. Sie ist pure Immanenz; es braucht keine Ideologie und keine historischen Kenntnisse, um sie zu entschlüsseln. Somit verkörpert sie nicht nur den Aufbruch zu etwas Neuem, sondern auch die Verdrängung dessen, was vorher war, und entspricht so vollkommen der Dialektik der zweiten Moderne.

„Was soll das? Warum lachst du? Das Mistvieh hat unser Frühstück ruiniert."

„Ich würde eher sagen, es hat unser Frühstück belebt, oder? Das war doch ein echter dramatischer Höhepunkt. Den kriegt man nicht alle Tage geliefert."

Matthias starrte mich an, als wäre ich nicht ganz richtig im Kopf. Dann brach es aus ihm heraus.

„Ich habe das alles für uns eingekauft. Nicht für dieses Vieh. Das war teuer. Und die Sauerei! Jetzt ist mir der ganze Tag verdorben. Dabei fing er so gut an. Der erste Morgen, drei Wochen Urlaub vor uns. Darauf habe ich mich gefreut. Ich würde am liebsten wieder abreisen. Es hat ja sowieso keinen Sinn."

Statt sich wieder hinzusetzen oder einen Lappen und einen Handfeger aus der Küche zu holen, drehte er sich um und lief in Richtung Auffahrt. Bevor er ins Auto stieg, warf er mir einen Blick zu, aufgebracht, gekränkt. Das Gegenteil der Dame auf dem Porträt.

Typische Phänomene der Moderne begegnen einem in klassischen Kurzgeschichten häufig: Kommunikationslosigkeit, Entfremdung, Generationenkonflikte, soziale Unterschiede, neue Geschlechterrollen, Identitätsverlust, Entwurzelung. Die ebenfalls typische Verdrängung der Vergangenheit endet mit der Postmoderne, und so ist es kein Wunder, dass die Kurzgeschichte mit ihr in eine tiefe Krise gerät, von der sie sich bis heute nicht erholt hat.

Eine Weile blieb ich am Tisch sitzen und trank einen weiteren Kaffee ohne Milch. Den dritten. Weil mein Magen immer wieder knurrte, griff ich ein paar Salzstangen, ein Stück unverdächtigen Käse und eine Handvoll Kirschen, trug alles auf die Zisterne und aß, während ich auf den Ozean blickte. Ich stellte mir vor, ich würde eine Welle mit einem Kirschkern treffen und dadurch in eine neue Richtung lenken. Natürlich konnte ich nicht so weit spucken.

Wie jede zu einem bestimmten Zeitpunkt in Stein gemeißelte begriffliche Kategorie entfremdet die Gattung Kurzgeschichte Produzenten wie Konsumenten von der Unmittelbarkeit der Literatur. Gattungen errichten Mauern, an denen man abprallen kann. Und sie verstellen die Sicht auf das, was dahinter liegt. Oder daneben oder darunter. Darum ist es von größter Bedeutung, sich immer wieder ins Bewusstsein zu rufen, dass es nicht nur Kurzgeschichten gibt, sondern auch kurze Geschichten.

Vielleicht waren Minuten vergangen oder Stunden, ich hätte es nicht sagen können. Vielleicht sogar drei Wochen. Die Kirschen waren längst alle. Die Sonne hatte sich hinter Wolken zurückgezogen. Jetzt würde ich draußen am Computer arbeiten können. Mir wurde ein wenig kalt, darum stand ich auf, um mir eine Jacke zu holen.

Im Haus wartete nur die geheimnisvolle Dame auf mich. Ich lächelte ihr kurz zu, deutete eine Verbeugung an und griff nach dem Rechner. Dann überlegte ich es mir anders, stellte ihn wieder hin, ging hinaus und fing an zu suchen. Ich suchte im Gebüsch, auf dem Hügel, hinter dem Haus, im Schuppen. Schließlich fand ich ihn. Er lag in der Auffahrt. Sein Kopf war zerdrückt, aber sein stolzer Schwanz ragte aufwärts wie auf dem

Gemälde. In seinen Schnurrhaaren klebten ein paar Anchovis.

Oktober/November 2017

DIE LANGE KÜSTE

Franziska drehte den ganzen Vormittag Runden, eine nach der anderen, obwohl sie am Abend zuvor gemeint hatte, alles sei erledigt. Immer wenn sie eine Sache wegräumte, zerrten die Mädchen etwas Neues hervor. Auf der Fahrt zum Flughafen war sie nervös, dabei stand das Taxi gerade einmal fünf Minuten im Stau. Michael wartete schon mit seinem Sohn. Er strahlte und nahm sie in den Arm, als hätten sie alle Zeit der Welt.

Als sie in Alicante ausstiegen, schlug ihnen feuchtschwüle Luft ins Gesicht. Sie nahmen jeweils ein eigenes Taxi, weil nicht alle fünf in eines hineinpassten. Franziskas Fahrer sang die ganze Fahrt über leise zu spanischer Folkloremusik aus dem Radio. Sie hätte ihm gern gesagt, dass ihr sein Gesang gefiel, aber ihr Spanisch reichte dafür nicht aus.

Pablo, ihr Vermieter, empfing sie in seinem Haus in Alkabir. Seine Terrasse war die schönste und größte in der eng gestaffelten Ferienhaussiedlung. Ein mächtiger Zitronenbaum spannte sich darüber, für den Franziska in der folgenden Woche dankbar sein würde, weil er leidlich Schatten spendete.

Pablo zeigte ihnen alles und sprach konsequent, aber langsam Spanisch mit Franziska.

Michael mischte sich immer wieder ein, doch hatte er in der Schule Russisch gelernt und Franziska Latein. So war sie eindeutig im Vorteil.

Das Haus war unglaublich kitschig eingerichtet und nur spärlich beleuchtet. Jeder Winkel der engen Räume war vollgestellt mit getöpferten Lampen, die kaum Licht verbreiteten, und Vasen voller Trockenblumen. Alles war aus Keramik, wahrscheinlich weil es typisch maurisch wirken sollte. Franziska war sich sicher, dass sie in der kommenden Woche mindestens eine Vase umstoßen und zerbrechen würden. Irgendetwas ging in jedem Urlaub zu Bruch. Sie hoffte, es würde nur ein Teller sein und nicht eines dieser Unikate, an denen bestimmt Pablos Herz hing.

An den Wänden prangten selbst gemalte Ölbilder von Pablos Frau, Stillleben mit anzüglich aufgeplatzten Früchten. Franziska kam sich vor wie in einem Boudoir. Oder in einem Harem. Die Krönung des Ganzen war die Kuppel, die sich über dem Zimmer der Kinder wölbte. Mitternachtsblau ausgemalt und viel zu schön, um kitschig zu sein. Franziska wünschte sich auch so eine Kuppel über ihrem Schlafzimmer in Berlin. Wer da nicht von halsbrecherischer Flucht und verzehrender Liebe träumte, hatte niemals „1001 Nacht" gelesen.

Obwohl alle müde und hungrig waren, machten sie sich noch am selben Abend zum Strand auf. Das Meer war nur durch eine abgeschlossene Pforte zu erreichen. Eine umzäunte und verriegelte Wohnanlage, das kam ihr spanisch vor, obwohl Franziska zugeben musste, dass im wohlhabenden Süden Berlins neuerdings auch solche Anlagen entstanden. Michael lebte mitten in der Stadt in einer großzügigen Altbauwohnung, die er in den 1990er Jahren gemietet hatte, als man sich so etwas noch leisten konnte.

Jenseits der Pforte mussten sie unter einer Eisenbahnunterführung hindurch, und sofort war die nach Jasmin duftende, grüne Zone der Ferienhaussiedlung wie abgeschnitten. Sie trotteten durch ein Stück trockene Steppe, es konnte auch eine ehemalige Müllhalde sein. Das Panorama war bergig und kahl, was den Gegensatz zur Künstlichkeit der Siedlung verstärkte.

Es wurde schon dunkel, und die Kinder sprangen sofort ins Wasser. Michael und Franziska ließen sich in einer kleinen Strandbar nieder, wo am Freitagabend dezente Partystimmung herrschte. Eigentlich war Franziska zu erledigt für alkoholische

Getränke, aber Michael überredete sie. Seine Vorfreude wirkte ansteckend. Da der Strand schmal und felsig war, saßen sie direkt an der Wasserkante. Die Nacht, die laue Luft, die Wellen und der Mondschein auf dem Meer beschwipsten Franziska ebenso wie der Mojito.

Es war das erste Mal, dass sie allein mit Michael – und ihren jeweiligen Kindern – verreiste. Sonst war immer ihre Frau Esther dabei gewesen, die mit Michael zur Schule gegangen war. Michael war schwul, hatte aber schon lange keinen Partner. Genau genommen hatte Franziska ihn noch nie mit einem anderen Mann gesehen. Sie wusste nicht, ob da überhaupt etwas lief. Höchstens Tinder. Jedenfalls war er sehr diskret – oder sollte man sagen: verklemmt? Wahrscheinlich eine Folge seines Aufwachsens in der Lausitz.

Trotzdem wollte Michael nicht auf ein Kind verzichten. Ein längerer Aufenthalt in Bulgarien ermöglichte ihm, eine Leihmutter zu finden. Die Idee gemeinsamer Urlaube kam auf, damit ihre nahezu gleichaltrigen Kinder miteinander spielten und die Erwachsenen ein bisschen Erholung fanden. Es gab ja kaum etwas Schlimmeres, als mit Kleinkindern zu verreisen, vor allem wenn man alleinerziehend war. Ein Vorteil an ganz kleinen Kindern bestand immerhin darin, dass man nicht an die Schulferien gebunden war und keine überteuerte Ferienhausmiete zahlte.

Diesmal waren sie trotzdem in den Sommerferien unterwegs. Esthers Schwester hatte im Juni ein Kind bekommen, und niemand war da, der sie unterstützte. Darum war Esther nach Rhode Island geflogen, und Michael und Franziska saßen nun in dieser ungewöhnlichen Konstellation am nächtlichen Strand. Dass sie ausgerechnet in einer Region gelandet waren, die Franziska unter anderen Umständen als Urlaubsziel nie in Betracht gezogen hätte, war ihre eigene Schuld. Alte Fotos aus den frühen Jahren des westdeutschen Tourismus von wüstenartigen, überfüllten Stränden vor seelenlosen Hotelkästen hätten sie normalerweise abgeschreckt. Franziskas Mutter war in den 1960ern einmal an der Costa Blanca gewesen, und von diesem Urlaub existierten nur merkwürdig entfremdete und spukhafte Fotos. Die Mutter hatte diese Reise als die schrecklichste Episode ihres Lebens bezeichnet. Das mochte auch daran liegen, dass sie ihn mit ihrer eigenen Mutter und ihrem frisch angetrauten Ehemann im selben Hotel verbrachte.

Aber bei Franziska war ebenso wie bei Michael das Geld derzeit knapp, und so war sie in einem Internetportal auf Pablos Angebot zum Haustausch eingegangen. Pablo würde im Gegenzug in den kommenden Osterferien bei Esther und ihr wohnen. Nicht zuletzt hatte sie bei der Wahl des Ferienziels gedacht: Ein Urlaub ohne Esther ist kein richtiger Urlaub, und mit den Kindern kann man sowieso nichts unternehmen; also ist es fast egal, wo man hinfährt, solange es warm und Wasser in der Nähe ist.

Warm war es in der Tat, selbst um diese Uhrzeit, nachdem die Sonne längst untergegangen war. Zum Glück sah es hier nicht so aus wie auf den alten Fotos. Ihre Ferienhaussiedlung war die einzige in der näheren Umgebung, und die enge, steinige Bucht, in der sie ihren Mojito tranken, würde niemals viele Touristen anziehen.

Franziska breitete die Arme aus und seufzte befriedigt. „Geschafft! Fliegen ist dermaßen anstrengend. Ich hasse Fliegen. Heute Nacht werde ich gut schlafen. Das nehme ich mir vor, und das klappt dann auch. Ich möchte drei Wochen lang nur schlafen, lesen und schwimmen."

„Aber wir wollten doch auch besichtigen. Und Wandern." Michaels Stimme klang leicht alarmiert.

„Ja, klar. Ich meine nur, ich brauche dringend Erholung. Die letzte Zeit war hart. Edda ist schwer in der Pubertät und Helene noch so abhängig von mir. Wenn ich mich um die Kleine kümmere, kommt die Große sofort an und motzt. Sie ist eifersüchtig. Aber ich weiß gar nicht mehr, was ich mit ihr anfangen soll. Früher konnten wir uns unterhalten, und ich habe ihr vorlesen. Das geht alles nicht mehr. Interessiert sie nicht. Und Helene kommt trotzdem zu kurz, weil Edda so viel Aufmerksamkeit fordert."

„Wenigstens seid ihr zu zweit."

„Ja, aber Esther arbeitet viel zu viel. Wenn sie nach Hause kommt, ist sie zu erschöpft, um sich zu freuen. Stattdessen meckert sie mit den Kindern und macht mir ein schlechtes Gewissen, weil nichts fertig ist. Weil wir nicht zu Abend gegessen, keine Hausaufgaben gemacht und noch nicht im Bad waren. Sie hat recht. Ich bin unorganisiert und vermeide Dinge, die ich nicht gern tue. Davon gibt es leider ziemlich viele."

Michael wandte den Kopf ab und schaute eine Weile auf die spiegelnde Wasserfläche, ohne etwas zu sagen. Franziska dachte, es wäre besser, das Thema zu wechseln. Möglicherweise wollte Michael nichts von Beziehungsproblemen hören.

„Wollen wir ein bisschen planen, was wir in den nächsten drei Wochen unternehmen?", versuchte sie ihm entgegenzukommen.

„Am meisten freue ich mich aufs Schwimmen. Am liebsten würde ich gleich reinspringen."

„Klar, ich auch, aber abgesehen davon? Was du vorhin meintest: Besichtigen und wandern? Wie oft, was und wo?"

„Ach, das ergibt sich schon. Ich will nicht alles im Voraus planen. Mein Leben ist immer so verplant. Im Urlaub muss das nicht sein. Wir gucken einfach, wo es schön ist und worauf wir Lust haben."

„Und wenn wir auf verschiedene Dinge Lust haben?"

„Wir müssen ja nicht alles zusammen machen. Auch das will ich hinter mir lassen, dass man immer alles zusammen machen muss. Diese ganzen Zwänge. In meiner Kindheit gab es nichts als Zwänge. Das ist schon lange her, aber ich glaube, ich trage das in mir. Das tun alle, die in der DDR gelebt haben. Vielleicht kannst du das nicht verstehen."

„Ich denke schon, dass ich das verstehen kann. Die DDR war ja nicht der einzige Ort auf der Welt, wo Zwänge herrschen. Außerdem habe ich in der Hinsicht viel von Esther gelernt."

Michael schüttelte den Kopf.

„Esther hat das nicht so erlebt wie ich. Aber egal. Ich will jedenfalls nur noch tun, wozu ich Lust habe. Und wenn es für andere nicht passt, dann ist das für mich kein Weltuntergang."

„Aber lass uns wenigstens ab und zu etwas zusammen unternehmen. Zwischendurch kann ja jeder für sich sein."

„Natürlich. Das machen wir." Er lehnte sich vor und legte Franziska die Hand auf den Arm. „Mach dir keine Sorgen. Wir schaffen das, auch ohne Esther. Wir werden eine tolle Zeit haben."

Die Kinder kamen angelaufen und beschwerten sich, dass man kaum ins Wasser gehen konnte, ohne sich die Füße aufzuschneiden. Franziska beschloss, so bald wie möglich Badeschuhe zu kaufen. Bei Tag entdeckte sie dann, dass das flache Wasser nicht nur voll scharfer Klippen, sondern auch voller Seeigel war. Da hatten sie am Abend zuvor Glück gehabt.

Am nächsten Morgen lief Franziska die Siedlung ab. Viel war da nicht zu sehen. Sie war bald zurück. Die Kinder warteten ungeduldig, bis sie in den Gemeinschaftspool konnten, der erst um elf Uhr öffnete. Vorher frühstückten sie in einer Bar. Franziska bestellte englisches Frühstück. Eine schlechte Wahl. Viel zu fettig, viel zu fleischlastig. Wenigstens war sie satt für den ganzen Tag.

Vor der Reise hatte Franziska sich gefragt, ob sie und Michael wohl auffallen würden – die Lesbe und der Schwule, zusammen mit drei Kindern. Jetzt erhaschte sie einen Blick in dem großen Spiegel, der über dem Tresen hing, und ihr wurde klar: Sie sahen aus wie eine ganz normale Familie. Vater, Mutter, Kinder. Ihre Funktionsklamotten töteten jegliche sexuelle Ausstrahlung ab. Höchstens konnte man sie als Deutsche identifizieren. Mehr war daran nicht abzulesen. Engländer trugen keine graubraunen Outdoor-Klamotten, sondern bunte Shorts und T-Shirts mit Löchern. Und außer Deutschen und Engländern gab es hier keine Ausländer.

Selbst wenn man ihnen mehr als nur ihre Herkunft hätte ansehen können, es war niemand da, der es zur Kenntnis genommen hätte. Sie waren die einzigen Gäste in der Bar.

„Komisch, dass es in Spanien englisches Frühstück gibt", wunderte sich Franziska.

„Das ist nicht so erstaunlich", gab Michael zurück. „Spanien ist voller englischer Rentner. Vor allem an der Costa Blanca. Ich glaube, das Haus gegenüber von uns gehört auch Engländern."

„Aber warum leben sie in Spanien, wenn sie am liebsten wabbeligen Speck und verschrumpelte Würstchen zum Frühstück essen?"

„Na, wenn man ehrlich ist, ist das nicht so viel anders als das, was Spanier auch gern essen. Nur nicht zum Frühstück."

Als sie die Bar verließen, sahen sie, dass sich gleich nebenan ein weiteres Restaurant befand, das englische Küche servierte.

„Hey, wollen wir da abends irgendwann mal hingehen?"

„Ich denke, das Frühstück hat dir nicht geschmeckt?"

„Nein, aber abends ist mein Magen nicht mehr so empfindlich. Mit ein paar Pints spüle ich das Zeug problemlos runter. Vielleicht gibt es Haggis."

„Das glaubst du selbst nicht. Außerdem ist Haggis schottisch, nicht englisch. Hier gibt es höchstens Fish and Chips."

Franziska warf einen Blick auf die Karte. Michael hatte recht.

„Ich fände es aber trotzdem lustig, wenn wir hingingen."

„Lustig? Ich weiß nicht, ob ich zum Lachen ins Restaurant gehen will. Komm, der Pool müsste jetzt offen sein."

Was das Essen betraf – und das war nur der Anfang einer länger werdenden Reihe von Dingen –, besaßen sie einen sehr unterschiedlichen Sinn für Humor.

Michaels Weigerung bedeutete, dass sie selbst kochen müssten. Abgesehen von dem soeben abgewählten Restaurant und drei nahezu gleich aussehenden Bars gab es keine weitere Gastronomie, sondern ausschließlich Ferienhäuser in der Siedlung, auch keinen Laden und keinen Bäcker. Und keine Menschen auf der Straße.

Pablo, der daran gewöhnt war, Leute herumzukutschieren, holte sie zum Einkaufen ab. Tatsächlich fuhr er sie nicht nur dorthin, sondern ging mit ihnen in den gigantischen Supermarkt hinein und schob geduldig den Einkaufswagen, während sie ihren Großeinkauf für die ganze Woche einluden. Er empfahl ihnen verschiedene Produkte, war aber nicht beleidigt, wenn sie sich anders entschieden. Er schien zu wissen, dass sich ihre Lebensgewohnheiten von seinen unterschieden, und betrachtete sie mit wohlwollender Sanftmut wie ein christlicher Missionar.

Danach sammelten sie die Kinder ein. Vier Stunden hatten sie im Pool verbracht. Sie hatten ihre neuen Taucherbrillen ausprobiert und sich gegenseitig durchs Wasser gejagt. Franziska freute sich, dass sie trotz des Alters- und Geschlechtsunterschieds harmonierten, die elfjährige Edda, die achtjährige Helene und der zwölfjährige Luis. Sie freute sich auch, weil sie dachte, dass vier Stunden im Pool schon die halbe Miete waren. Damit war ein großer Teil des Tages geschafft, und müde würden die Kinder danach auch sein. Viel anderes, als im Pool zu planschen, konnte man hier nämlich nicht tun.

Seit zehn Jahren drehten sich Franziskas Gedanken zuallererst um die Frage, wie sie erst ein Kind, dann zwei Kinder beschäftigte, um ein bisschen Zeit für sich zu gewinnen. Leider nahm die Zeitspanne, die die Kinder freiwillig im Pool verbrachten, von Tag zu Tag ab. Am vierten Tag wollten sie gar nicht mehr hin und ebenso wenig ans Meer, obwohl Franziska mittlerweile Badeschuhe besorgt hatte.

Der nächste Tag war ein Sonntag. Gut, dass sie eingekauft hatten. Franziska kämpfte immer mit diversen Koffern, die sie nicht ordentlich ausgepackt hatte. Alle dösten in ihren Zimmern. Michael bewohnte mit den Kindern das sehr viel schönere

Dachgeschoss. Franziskas Zimmer lag an der Treppe zwischen Wohnzimmer und Dach. Es war weniger romantisch; dafür bot es mehr Intimsphäre. Während der ganzen Woche würde Franziska die Dachterrasse kein einziges Mal betreten, obwohl Michael bei ihrer Ankunft begeistert ausgerufen hatte: „Hier trinken wir jeden Abend Weißwein, wenn es nicht mehr so heiß ist!"

Allerdings herrschten selbst um Mitternacht noch 28 Grad. Zumindest die Wäsche trocknete dort oben im Nu. Trotzdem waren die Temperaturen nicht der einzige Grund, warum sich Franziska ausschließlich auf der ebenerdigen Terrasse mit dem Zitronenbaum aufhielt. Auf dem Weg zum Dach hätte sie durch Michaels Schlafzimmer gemusst, und das war ihr unangenehm. Es lag nicht daran, dass er ein Mann war. Sie waren einfach nicht so vertraut miteinander.

Esther und Michael teilten dagegen eine lange gemeinsame Geschichte. In der Schule waren sie durch dick und dünn gegangen, obwohl sie damals beide noch nichts von ihrer sexuellen Bestimmung ahnten. Dennoch hatte sie das Gefühl, irgendwie anders zu sein, zusammengeschweißt. Und das trotz politischer Differenzen. Während Esthers Familie der Kirche angehörte und sich so weit wie möglich vom Staat fernhielt, waren

Michaels Eltern nicht nur in der Partei, sondern sogar einflussreiche Funktionäre im Gesundheitswesen. Michael studierte dann auch, genau wie Esther, Medizin. Mittlerweile arbeitete er im Eventmanagement.

In ihren ersten Urlauben zu dritt hatte Franziska stets das Gefühl beschlichen, das überzählige Rad am Wagen zu sein, ein Ersatzrad, das nachträglich angebracht worden war, weil der Wagen nicht mehr rundlief. Sobald Esther Michael erblickte, übernahm sie sofort die Rolle seiner Beichtmutter. Das war gewiss schon früher so gewesen, und es hatte sich nicht geändert, seit sie mit Franziska zusammen war.

Unter dem Zitronenbaum war sie allein. Die Kinder blieben in ihren Zimmern, wenn man sie ließ. Michael hatte schon Wäsche gewaschen und hängte sie auf. Auf der Straße war immer noch niemand zu sehen. Die Stunden gingen irgendwie vorbei. Franziska hoffte, sie würde sich an die Hitze gewöhnen und ihren Elan zurückgewinnen. Als ihr langweilig wurde, machte sie einen kleinen Spaziergang durch die Siedlung. Irgendjemand musste doch hier wohnen. Sie traf niemanden; aber als sie zurückkehrte, tummelten sich drei junge Katzen auf ihrer Terrasse.

„Kinder! Kommt mal schnell runter!"

Alle kamen sofort die Treppe heruntergestürzt, so dringlich hatte Franziska geklungen.

„Oh, sind die süß! Das sind ja richtige Babys. Guck mal, sie haben noch ganz blaue Augen. Sind das Jungen oder Mädchen?"

„Ich glaube, die beiden hier sind Katzen und der da drüben ein Kater. Der hat einen größeren Kopf, und außerdem ist er viel neugieriger als die beiden anderen", erklärte Michael selbstbewusst. Er kraulte den Kater, der sich sofort an seinen Beinen festkrallte.

„Au!"

„Warum lassen sich die anderen nicht streicheln?", fragte Luis.

„Weibliche Tiere sind scheuer als männliche", fuhr Michael fort, sich die Wade reibend. „Aber du willst dich nicht auch gleich kratzen lassen, so wie ich, oder?" Luis wich ein Stück zurück.

„Wir müssen ihnen Namen geben. Der Kater heißt González", entschied Edda.

„Ihr könnt ihnen Namen geben, aber ihr könnt sie nicht behalten. Mit Sicherheit gehören sie jemandem in der Siedlung." Die Mutter, die Spielverderberin.

„Aber vielleicht kommen sie wieder? Zumindest solange wir hier sind. Wir müssen sie füttern. Dann kommen sie

bestimmt zurück. Los, wir kaufen Katzenfutter!"

Edda war nicht zu halten. Da es in der
Siedlung keinen Laden gab, vertröstete Franziska sie auf den Abstecher ins benachbarte
El Campello am Abend. Doch leider gab es
im Nachbarort kein Katzenfutter, nur jede
Menge Ramsch, der in schlauchartigen
Lagerhallen verkauft wurde, und Eis, das
nach künstlichem Kaugummi schmeckte.
Statt Katzenfutter kaufte Franziska Flip-Flops
für Edda und für sich selbst einen billigen,
graubraunen Hosenanzug aus Leinen,
ansonsten jede Menge Schnickschnack wie
Armbänder, Kühlschrankmagnete, Schlüssel-
anhänger. Der Hosenanzug schien ihr praktisch und luftig genug, um ihn nach dem
Baden schnell überzuziehen, aber sie sah
darin aus wie ein trauriges Flusspferd. Zum
Glück beachtete sie niemand. Wer in solchen
Läden einkaufte, hatte keinen Geschmack.

„Findest du, ich hätte den Anzug nicht
kaufen sollen?" Franziska suchte nach
Bestätigung, um den grausigen Anblick im
Spiegel der Umkleidekabine loszuwerden.
„Wieso? Der ist doch praktisch", gab Michael
zurück, ohne sie anzusehen. Franziska ver-
stummte.

Als der Kater am nächsten Tag wieder-
kehrte, hatten sie kein Futter für ihn. „Mama,

du bist schuld, wenn er nicht mehr kommt", maulte Edda. Franziska kochte extra Reis, aber wie sich herausstellte, mochte González keine vegetarischen Reisgerichte. Am übernächsten Tag ließ er sich nicht blicken und seine Schwestern ebenfalls nicht. Edda war sauer.

Glücklicherweise erwies sich die S-Bahn, die im Halbstundentakt die gesamte Küste zwischen Dénia und Alicante abklapperte, als Tor zu interessanteren Welten. Die Züge waren brutal auf 20 Grad herunterklimatisiert, während draußen 32, 33, 34 Grad herrschten. Man wünschte sich bald, nur in der S-Bahn zu sitzen, vor allem, während man auf dem unbeschatteten Bahnhof auf den Zug wartete. So angenehm der vorübergehende Kälteschock war, er führte dazu, dass Franziska nach wenigen Minuten in der Bahn einschlief. Wahrscheinlich näherte sich ihr Kreislauf durch die plötzliche Abkühlung dem Kollaps.

Sie fuhren nach Villajoyosa, als touristischer Höhepunkt angepriesen, weil es über ein Dutzend alter Häuser und eine romanische Wehrkirche verfügte. Die Häuser waren papageienbunt angestrichen und wurden als Postkartenmotiv verwendet. Die Fahrt an der Küste entlang offenbarte, wie abwechslungsreich diese war – oder früher einmal gewesen sein musste. Franziska hatte erwartet, dass sich an der Costa Blanca kilometerlange, schnurgerade Strände aneinanderreihten, wie sie die meisten Menschen aus unerfindlichen Gründen schön finden, aber so war es nicht. Die Küstenlinie war steil und geschwungen, nur leider stark erodiert. Und verbaut, aber nicht so schlimm wie befürchtet. Natürlich gab es das berüchtigte Benidorm, aber viele Küstenabschnitte waren relativ dezent mit Villen bestückt. Die Strände blieben irritierend leer. Es war eben noch Juli.

Am Vormittag besuchten sie die Schokoladenfabrik Valor, die seit über 150 Jahren an diesem Ort Schokolade herstellte. Das alte Fabrikgebäude war vollständig erhalten. Angesichts der Inneneinrichtung geriet Franziska in einen Fotorausch.

„Mama, was fotografierst du die ganze Zeit?"

„Seht euch um. Es ist alles da. Die Fabrik sieht genauso aus wie damals, als sie gebaut wurde. Hier könnte man einen Film drehen."

„Das sind doch nur alte Möbel."

„Das sind keine Möbel, das sind Aktenschränke. Guck, wie feingliedrig die Holzrollos sind. Und die vielen Schubladen! Jede hat ihren eigenen Mechanismus."

„Ich möchte lieber die Maschinen sehen, mit denen sie Schokolade machen."

Die Führung war auf Spanisch; doch Helene machte schnell eine Eroberung. Eine Besucherin, die sie hatte miteinander reden hören, flüsterte dem Mädchen unaufgefordert die deutsche Übersetzung ins Ohr. Helene war das unangenehm, aber sie hörte tapfer zu und lief nicht weg. Franziska hätte gern mitbekommen, was die Frau sagte, weil sie selbst nur einen Bruchteil verstand, aber die Fremde wandte sich exklusiv an ihre Tochter.

„Wie heißt du, mein Liebling?"

Das hatte die Frau laut gesagt. Helene sah ihre Mutter verunsichert an.

„Sie heißt Helene."

„Was für ein reizender Name! Spanier können den gar nicht richtig aussprechen. Wir sagen Eléne. Ich heiße Josefa. Das ist ein sehr altmodischer Name. Und woher kommst du?"

„Aus Berlin", flüsterte Helene.

„Aus Berlin? Wirklich? Ich wohne seit 35 Jahren in Berlin. In Charlottenburg. Wohnt ihr auch in Charlottenburg?"

„In Zehlendorf", flüsterte Helene.

„Na, das ist gar nicht weit. Du musst mich mal besuchen, wenn du wieder zu Hause bist. Dann zeige ich dir, wie man echten Kakao kocht."

Mit einem Blick auf Franziska fügte sie hinzu: „Deine Mutter darf natürlich mitkommen. Du kannst ja nicht allein zu fremden Leuten gehen, oder? Machst du das manchmal? Gehst du allein zu fremden Leuten?"

„Nein", flüsterte Helene.

Josefa war in den Bergen hinter Alicante aufgewachsen und hatte als Kind die gleichen süßen, kleinen Kittelschürzen getragen, die man auf den Schwarz-Weiß-Fotos im Museum sah. Zum Abschied kaufte sie im Fabrikladen eine Packung jener Schokoladenwaffeln, die sie als Kind so gern gegessen hatte, und schenkte sie Helene.

Franziska war, als hätte jemand einen Schalter betätigt, um eine Bühne in warmes Licht zu tauchen. Die alte Frau und die alte Fabrik verliehen dem Augenblick eine Aura wie in einem Almodóvar-Film. Vielleicht lag es daran, dass Franziska bei der Schokoladenverkostung am Ende zum ersten Mal in ihrem Leben südländischer Schokolade etwas abgewinnen konnte, besonders der Sorte mit geraspelten Kakaonüssen.

Der Strand in Villajoyosa war ebenso niedlich wie die bunten Häuschen. Franziska hatte ausreichend Gelegenheit, das Panorama zu studieren, denn Michael ließ sie zwei Stunden ohne Trinkwasser in der Sonne schmoren, während er schnorchelte und sie auf die Wertsachen aufpasste. An dem Strand in Alkabir konnte man nicht schnorcheln, weil das Wasser zu flach war, und Michael war ein leidenschaftlicher Schnorchler. Als er endlich zurückkam, hatte sich der Ärger in Franziska angestaut. „Du warst ganz schön lange weg. Hättest ja zwischendurch mal eine Pause machen können."

„Erst rausschwimmen und gleich wieder zurück? Sinnlos. Die schönsten Fische trifft man nicht hier in der Bucht. Da muss man weit um die Landzunge herumschwimmen, um was zu sehen."

„Kann sein, aber ich habe Durst, und hier ist kein Schatten. Ich brauch auch 'ne Abkühlung."

„Du hättest dir ja den Hut aufsetzen können."

Franziska holte tief Luft. „Manchmal bist du echt rücksichtslos. Ist prima, dass du nur noch das machen willst, wozu du Lust hast. Aber du könntest dabei auch mal an andere denken. Das hat man euch doch im Sozialismus beigebracht, oder?"

Nun sah auch Michael wütend aus. „Ach, jetzt ist es so weit, ja? Jetzt wirfst du mir vor, dass ich aus dem Osten komme? Tut mir leid, wenn ich deinen Ansprüchen nicht genüge! Das hättest du dir vielleicht vorher überlegen sollen, bevor du eine Ostfrau heiratest und mit ihren unkultivierten Freunden in den Urlaub fährst."

Franziska warf ihm den ungetragenen Sonnenhut vor die Füße. „Du spinnst total." Sie drehte sich um, lief ins Wasser und schwamm so weit raus, wie sie sich traute. Sollte sich Michael allein um die Kinder kümmern.

Abends hatte sie einen leichten Sonnenstich und konnte nicht einschlafen. Am nächsten Tag fiel es ihr schwer, sich zu etwas aufzuraffen. Eigentlich hatten Michael und Franziska bereits vor der Reise vereinbart, eine „ausgewogene Mischung" zwischen den unterschiedlichen Interessen zu finden; aber die Interessen der Kinder bestanden nun einmal hauptsächlich im Nichtstun. Franziska wunderte sich allerdings, dass sie dem Nichtstun so beharrlich anhingen, weil das einzige technische Medium in Pablos Haus der Fernseher war, den sie selbst als Einzige nutzte, um Fußball zu gucken. Es gab kein Internet. Normalerweise hätte das zu Katastrophenalarm geführt. Franziska konnte sich nicht vorstellen, was die Kinder in ihren Zimmern stattdessen trieben. Wahrscheinlich war es besser so.

Die Hitze war schlimm. Sie besaßen nur einen Ventilator, keine Klimaanlage, und in den engen, niedrigen Räumen staute sich die warme Luft, obwohl die Häuser nach maurischem Vorbild einen Hitzekamin auf dem Dach hatten, wie Michael sie belehrte. Franziska verweilte unter dem Zitronenbaum. Abends tauchte González endlich wieder auf, diesmal mit nur einer seiner Schwestern im Schlepptau. Der Tag war gerettet, denn Franziska servierte ihnen das in Villajoyosa besorgte Katzenfutter, das sie gierig in sich hineinschlangen, und die Kinder waren glücklich.

Das nächste Mal fuhren sie mit der S-Bahn in die andere Richtung, nach Alicante. Franziska hatte ihren Rucksack schon gepackt, da erklärte Michael plötzlich: „Wir sollten nicht in der größten Mittagshitze unterwegs sein. Lass uns ein paar Stunden warten."

„Es ist erst zehn Uhr."

„Bis wir loskommen, ist es elf. Dann steht die Sonne fast im Zenit. Kein Spanier würde um diese Zeit das Haus verlassen."

„Aber wenn wir warten, bis es kühler wird, müssen wir bis abends um acht warten. Wir können uns doch ein bisschen beeilen. Ich bin fertig!"

„In Spanien macht man seit Jahrtausenden Siesta. Die wissen, warum."

Franziska stellte ihren Rucksack wieder ab und setzte sich unter den Zitronenbaum. Gegen 14 Uhr gab Michael schließlich das Zeichen zum Aufbruch, um rechtzeitig zum Ende der Siesta in Alicante zu sein. Der Zug hatte Verspätung. Die Kinder hatten Durst und jammerten. Franziskas Rucksack war schwer von zwei Litern Wasser, aber sie wollte nicht gleich alles verbrauchen. Michael hatte für sich und Luis nur eine Halbliterflasche eingepackt. Gegen den Durst kaufte er den Kindern künstlich schmeckendes Wassereis.

Dabei war er derjenige, der sich sorgte, weil Luis ein paar Pfund zu viel auf den Rippen hatte. Bei den Mahlzeiten verbot er ihm jedes Mal, sich einen Nachschlag zu nehmen. Aber bei jeder Gelegenheit kaufte er ihm Softdrinks oder Eis, als würde man davon nicht dick werden. „Ich kann dem Jungen nicht jede Freude nehmen", sagte er.

Als sie schließlich in Alicante ankamen, stellte sich heraus, dass die meisten Läden durchgehend geöffnet waren, die Museen sowieso – und auch noch klimatisiert. Nur die Kirchen öffneten erst am Abend wieder. Die Kräfte des Tourismus und des Kapitalismus wirkten erfolgreich gegen die Tradition der Siesta. Michael verlor kein Wort darüber, Franziska auch nicht.

Die hohen Stadthäuser warfen Schatten, und in den breiten Ramblas wehte sogar ein leichter Wind. Eigentlich ließ sich ein heißer Tag in der Großstadt viel angenehmer verbringen als in der Ferienhaussiedlung, fand Franziska. Vielleicht wirkte in Alicante die unübertreffliche arabische Baukunst nach, die die Hitze am besten zu bändigen wusste.

Nun hatten sie nur einen halben Tag Zeit, um die Stadt zu besichtigen. Als Erstes fielen sie in einen dänischen Designladen ein. Die Kinder wollten selbstverständlich alles Mögliche kaufen. Franziska kämpfte heldenhaft dagegen an, ließ aber trotzdem für ungefähr 40 Euro Federn. Danach wurde das unvermeidliche Eis gegessen. Michael forderte dieses Ritual dringlicher ein als die Kinder. Im Süden müsse man Eis essen. Nur gab es in Berlin mittlerweile besseres Eis als in Spanien.

Als Nächstes eilten sie im Laufschritt über die prächtige Strandpromenade, eine bunte Mischung aus untergegangener Weltläufigkeit des 19. und frühen 20. Jahrhunderts und schockierenden Experimenten der Nachkriegsmoderne, die einem das Blut in den Adern hätten gefrieren lassen, wäre es nicht so kochend heiß gewesen. Alsdann steuerten sie den ausgedehnten Stadtstrand an. Dort ließ Franziska die Kinder und Michael auf eigenen Wunsch zurück und lief schnellen Schrittes wieder stadteinwärts zum archäologischen Museum, das laut Internet in einer Stunde schließen sollte.

Um mehr von der Stadt zu sehen, wählte sie einen anderen Weg zurück und kam durch eine Art Szeneviertel mit schönen Blicken auf die Burg. Am Museum angelangt rief sie Michael an, weil das Museum länger geöffnet hatte als gedacht und außerdem eine Ausstellung über die Maya zeigte, von der sie glaubte, dass sie die Kinder interessieren könnte. Aber niemand ging ans Telefon.

Also wandelte sie allein durch das Museum, verzichtete auf die Maya und widmete ihre Aufmerksamkeit stattdessen der iberischen Abteilung. Franziska war fasziniert davon, wie die Kultur der Iberer und anderer antiker Völker scheinbar so rückstandsfrei vom römischen Imperium aufgesaugt worden war. Darüber nachzudenken eröffnete so viele Möglichkeiten, wie die Welt aussehen könnte, wenn der Verlauf der Geschichte ein anderer gewesen wäre.

Sie machte viele Fotos, um sie später ihrer Frau zu zeigen. Es war ungewohnt und ein bisschen traurig, dass Esther nicht hier war. Nirgendwo harmonierten sie so wie im Museum. Es war schon schwer, einen Menschen mit ähnlichen Interessen zu finden; aber dass sie auf jemanden gestoßen war, der sich auch für iberische Plastik interessierte, ließ Franziska beinahe an Schicksal glauben.

Aber vielleicht war es auch Esthers besondere Gabe, anderen das Gefühl zu vermitteln, dass sie dachte wie sie. Als Luis geboren wurde, ging es Michael lange Zeit nicht gut. Die Aufgaben eines alleinerziehenden Vaters erschöpften ihn – wie alle Eltern hatte er vorher nicht gewusst, was auf ihn zukam. Unter seiner Einsamkeit litt er mehr als zuvor, weil einem die Anwesenheit eines Babys erst richtig vor Augen führt, dass niemand da ist, der einen versteht. Beruflich lief es auch nicht. Sein Vater nahm ihm übel, dass er die Medizin hingeworfen hatte, und die Agentur, für die damals zu arbeiten begonnen hatte, gab ihm weder genug Anerkennung noch genug Gehalt.

Ganz normale Probleme, aber er hatte niemand anderen als Esther, um sich auszuweinen. Vielleicht war er auch zu sehr daran gewöhnt, dass Esther ihm bereitwillig zuhörte. Darum war er niemals gezwungen gewesen, jemand anderen finden. Wahrscheinlich vermisste er Esther hier in Spanien mindestens genauso wie Franziska.

Der Rest der archäologischen Sammlung beeindruckte Franziska weniger. Die Präsentation sollte wohl die Zweitrangigkeit der Objekte überspielen, indem sie sie auf alberne Weise mystifizierte. Wie im Theater wurden die Ausstellungsstücke in dramatisches Licht getaucht. Dennoch war Franziska zufrieden mit der Ausbeute. Sie verließ das Museum und wandte sich auf einem dritten Weg wieder Richtung Meer, diesmal durch die nicht sehr ausgedehnte Altstadt. Alicante besaß die Majestät aller alten spanischen Städte, die sie bislang kennen gelernt hatte, gehörte aber nicht zu den prächtigsten.

Dann rannte sie buchstäblich zum Strand. Michael saß mit den Kindern schon in der Bar. Helene warf innerhalb kurzer Zeit zwei Gläser vom Tisch. Die Bedienung ignorierte die Gäste. Franziska war das recht; lieber beseitigte sie die Scherben diskret selbst.

Eigentlich hatten sie noch auf den erhabenen Burgfelsen hinaufgewollt – nicht etwa zu Fuß, sondern mit dem Fahrstuhl –, aber alle waren so ausgehungert, dass sie gleich ein Restaurant aufsuchten. Sie saßen und aßen malerisch vor einer Pfarrkirche. Franziska ließ den Nachmittag in sich nachklingen, vor allem die geheimnisvollen, eleganten iberischen Skulpturen, und war beim Kartenspiel nur mit halber Aufmerksamkeit dabei. Die Kinder hatten es sowieso lieber, wenn sie verlor. Sie spielten ein Spiel namens Schwim-

112

men, das Franziska erst in diesem Urlaub gelernt hatte. Zwischendurch versuchte sie, von dem zu erzählen, was sie gesehen hatte.

„Die Burg wirkt von der Stadt aus sehr mächtig. Die Straßen sind zum Teil wirklich steil, und sie ragt mitten hinein wie ein Raumschiff oder so was. Schade, dass wir nicht mehr hochgefahren sind. Wenn man um die Burg herumläuft, kommt man ihr ganz nahe. Direkt unterhalb liegt ein sehr nettes Viertel. Sieht aus wie Schöneberg. Da gibt es reizende Cafés."

„Vielleicht kommen wir ja noch mal wieder", sagte Michael geistesabwesend.

„Ja, gern. Ich habe ein schlechtes Gewissen, weil du heute so wenig von der Stadt gesehen hast."

„Schon okay. Die Kinder hätte das nicht interessiert."

Immer schob er die Kinder vor.

„Aber dich vielleicht? Das Museum war übrigens absolut sehenswert. Es gab eine Ausstellung über die Maya. Meinst du nicht, dass Luis die gerne sehen würde?"

„Kann sein. Aber das werden wir nicht mehr schaffen."

„Wieso nicht? Wir könnten morgen wiederkommen. Wenn wir ein bisschen früher aufbrechen ..."

„Morgen wollte ich nach Altea."

Altea interessierte Franziska nicht sonderlich, und die Fahrt dorthin war lang. Im Reiseführer war es als typisch andalusisches Bergdorf beschrieben, obwohl sie nicht einmal in Andalusien waren: kleine weiße Häuschen, Treppen statt Straßen und pittoreske Läden mit Kunsthandwerk. Eine Kirche aus dem 19. Jahrhundert. Konnte man sich ansehen, musste man aber nicht. So etwas hatte sie schon im echten Andalusien eher gelangweilt. Und die Kinder waren zu jung, um darauf abzufahren. Sie hatten noch kein nostalgisches Bewusstsein entwickelt.

Franziska schlug vor, dass Michael und Luis den Ausflug nach Altea zu zweit unternähmen. Erst stimmte er zu, dann fuhr er doch nicht, obwohl es nur an diesem Tag noch möglich gewesen wäre. Franziska fragte sich, ob sie ihn davon abgehalten hatte. Oder brauchte er nur einen Schuldigen? Er hatte doch am ersten Abend ihres Urlaubs gesagt, er wolle alle Zwänge überwinden. Warum gab er nicht zu, dass er selbst keine Lust hatte?

Pablo kam ein letztes Mal vorbei und holte Michael ab, um Wasser zu kaufen. Dieser Wasser-Wahnsinn! Ein ganzes Land trank aus Einweg-Plastikkanistern, schätzungsweise 50 Millionen Liter täglich. Was hatten die Menschen eigentlich früher getrunken?

Als die beiden weg waren, stand plötzlich ein fremdes Mädchen mit langen, dunklen Haaren vor der Gartentür. Sie suchte ihren Kater. Schnell versteckte Franziska die Futterschüssel. Zum Glück war González gerade nicht zu sehen. War er oben bei den Kindern? Sie vermutete, das Mädchen wollte ihr sagen, dass sie ihren Kater nicht füttern sollte, weil er sonst immer wegliefe. Franziska zuckte verleugnend mit den Schultern.

Michael kehrte schwer schleppend aus dem Supermarkt zurück. Franziska fühlte sich schlecht. Aber sie wusste auch, dass er es darauf anlegte.

Abends Fußball-EM der Frauen. Spanien siegte, obwohl die Spielerinnen nach dem Vorbild der Männer ebenso spektakuläres wie ineffizientes Tiki-Taka vorführten und kaum Tore schossen.

Ihr letzter Tag in Alkabir war angebrochen. Michael scheuchte die Kinder aus dem Haus, und sie gingen das Putzen gemeinsam an. Franziska bemühte sich nach Kräften, nicht nutzlos in der Gegend herumzustehen, doch war Michael in allem schneller und effizienter als sie. Dafür konnte sie eine Kachel so lange wienern, bis sie wie neu war – und wirklich, wirklich sauber.

Das war schon immer so gewesen. Sie brauchte für alles ewig, weil sie es zu gründlich anging. Dabei war sie sich durchaus bewusst, dass die meisten Erfolge den Verlust an Lebenszeit nicht wettmachten. Dennoch konnte sie ihren Einsatz nicht dosieren. Darum machte sie wahrscheinlich so oft lieber gar nichts, weil sie wusste, dass sie sich vollkommen aufrauchen würde, sobald sie anfinge.

González, der praktisch bei ihnen eingezogen war, hüpfte in die Geschirrspülmaschine und leckte die schmutzigen Teller ab. Das war keine Hilfe. Franziska setzte ihn vor die Tür. Als sie das Haus abschlossen, lief wieder das schwarzhaarige Mädchen durch die Siedlung und rief nach dem Kater. Offenbar hatte er noch einen anderen Namen als González. Das Mädchen war der einzige Mensch, den sie außer Pablo je in der Siedlung gesehen hatte, dachte Franziska.

Am Fernbahnhof mussten sie Sicherheitskontrollen wie am Flughafen über sich ergehen lassen. Freilich war es das erste Mal, dass sie in Spanien mit solchen Maßnahmen konfrontiert wurden. Auf der Straße patrouillierte keineswegs bewaffnetes Militär wie in Paris, wo minderjährige Soldaten mit Maschinengewehren den Touristen Angst einjagen. Es würde nicht mehr lange dauern, bis sie die Waffen im Anschlag trügen, wie

Franziska es auf Flughäfen in Italien und arabischen Ländern gesehen hatte.

Die Fahrt im halbleeren Zug auf geräumigen Ledersitzen offenbarte schöne Landschaften und immer wieder hässliche Städte darin. Man sollte in fremden Ländern immer Zug fahren, dachte Franziska. So sah man viel mehr und erkannte räumliche Zusammenhänge, statt nur punktuell einzelne Sehenswürdigkeiten zu betrachten.

Der spanische Städtebau war eine Katastrophe. Da wurden direkt vor eine malerische Burgruine riesige Wohnsilos geknallt, oder es wurden Stadterweiterungen geplant, aber nie fertiggestellt. In einer Kleinstadt zog vor ihren Augen ein dichtes, nagelneues Straßennetz vorbei, mit Straßenlaternen und alle 50 Meter einem Zebrastreifen. Nur Häuser standen keine da. Die hatte man wohl vergessen. Die Manie, neben winzige Dorfkerne drei oder vier Zwanzigstöcker zu stellen, erinnerte Franziska an die DDR, wo man selbst im kleinsten Kaff auf Plattenbauten stieß, die aussahen, als hätte sie jemand dort vergessen.

Außer ihnen waren kaum Fahrgäste im Waggon. Neben ihnen saß ein junger Mann, der sich den Knöchel verstaucht hatte. Der Schaffner bettete sein Bein fürsorglich auf den Sitz und brachte ihm einen Eisbeutel, wie Franziska sie nur aus alten Filmen kannte, das mediterrane Pendant zur Wärmflasche. Die ganze Fahrt über, wenn sie nicht aus dem Fenster schaute, betrachtete sie versonnen das wohlgeformte, stark behaarte Männerbein. Sie war sich der Intimität der Situation bewusst, obwohl der Besitzer des Beins diese gar nicht zu spüren schien.

Als Einzige stiegen sie in Sagunt aus. Der Schaffner fragte mehrmals, ob sie sich nicht irrten und ob Sagunt „hübsch" sei. Das ließ Schlimmes befürchten. Am Bahnhof warteten die Eltern von Valeria, der Vermieterin. Auch dieser Aufenthalt war ein Haustausch, aber Valeria würde nicht in Franziskas Haus wohnen. Sie sammelte vorab Tauschpunkte für ihre Reise nach Pennsylvania, wo sie sich mit ihrer Familie gerade jetzt aufhielt. Die Eltern fuhren mit ihnen in einen Vorort Sagunts, und der Blick aus dem Autofenster bestätigte Franziskas Befürchtungen: Einkaufszentren, eine Zementfabrik, flache, reizlose Landschaften, viele Straßen, Plantagen, eine typische, um eine große Stadt herum gelegene Industriezone. Später erfuhr sie, dass es hier einst eine starke Stahlindustrie gegeben hatte. Sie waren im Ruhrgebiet Spaniens gelandet.

Die iberische Halbinsel ist so bergig, da war es kein Wunder, wenn eine ausgedehnte

Ebene wie die um Sagunt intensiv genutzt wurde. Schon in der Antike ging hier nicht nur eine bedeutende Schlacht gegen Hannibal verloren, sondern es wurde auch Landwirtschaft betrieben. Und in der Neuzeit baute man hier Fabriken und in den letzten Jahrzehnten Lagerhallen für die Güter, die nicht mehr in Europa produziert wurden.

Rafael, Valerias Vater, konnte Deutsch. „Ich habe Philosophie studiert, wisst ihr, und Französisch. Früher war ich Übersetzer, aber davon kann man nicht leben. Als die Kinder geboren wurden, musste ich mir einen Job suchen. Jetzt arbeite ich schon 30 Jahre in der Gemeindeverwaltung. Aber wenigstens habe ich feste Arbeitszeiten. Manchmal ist so wenig zu tun, dass ich während der Arbeit Bücher lese."

„Was für Bücher lesen Sie am liebsten?", fragte Franziska.

„Ach, heutzutage mehr so Unterhaltungsliteratur. Robert Harris. Im Studium habe ich aber auch richtige Bücher gelesen. Sogar auf Deutsch."

„Was denn auf Deutsch?"

„Ich erinnere mich nicht an Namen ... Warte ... Gunter Gras ... und eine Frau aus Österreich ..."

„Elfriede Jelinek?"

„Ja, genau."

„Oh – wie fanden Sie die?"

„Ein bisschen komisch und ziemlich schwer. Hat mir nicht so gefallen. Aber ein anderer Österreicher, den fand ich gut. Warte ... Tomàs Barnard."

„Thomas Bernhard."

„Ja."

„Den mag ich auch sehr. Was haben Sie von ihm gelesen?"

„Das Buch über Wittgenstein."

In Valerias Haus fand sich kaum ein Buch, nur die übliche, zufällige, über die Jahre entstandene Sammlung von Bildbänden, Bestsellern und Kochbüchern, die man geschenkt oder umsonst bekommen hat und die schließlich in ein abgelegenes Zimmer verbannt wird, weil man Bücher nicht einfach wegwirft. Valeria und Enrique waren beide Ingenieure; sie arbeitete bei Siemens, er bei Telefónica. Wahrscheinlich pendelten sie jeden Tag nach Valencia. Dafür war ihr Auto bescheiden, ein Golf-Diesel, mit dem Michael und Franziska nun zwei Wochen lang die Luft verpesten würden.

Das Haus war groß, kühl und verschwenderisch, eben das, was man in südlichen Ländern für modern hält. Das Gegenteil von Pablos Harem. Man gewann nicht den Eindruck, dass hier jemand lebte. Die Kinder hatten andere Maßstäbe und waren begeistert, vor allem von dem Kühlschrank, dessen Tür Eiswürfel ausspuckte, wenn man an einem Hebel zog.

Valeria und Enrique hatten Kinder, und deren Sachen waren das Einzige, was dem Haus einen bewohnten Eindruck verlieh. Zwischen den modernistischen Möbeln – unter anderem gab es ein schwarzes Ledersofa, auf dem man bei der Hitze ständig festklebte – lagen überall Hello-Kitty-Accessoires herum.

Bei der Einrichtung des Hauses schienen die Eltern vor allem an ihre Kinder gedacht zu haben. Der Pool war voller Wasserspielzeug, und für die gummierte Spielfläche samt Basketballkorb hatten sie sogar auf den obligatorischen Minigarten vor dem Haus verzichtet. Das gesamte Grundstück war betoniert, nur ein paar kümmerliche Zypressen fristeten am Rand ein trauriges Dasein. Franziska würde sie regelmäßig mit gechlortem Poolwasser gießen. Vermutlich tat Valeria das auch; das erklärte das kränkliche Aussehen der Bäumchen. Wenigstens war das Nachbargrundstück unbebaut; dort standen ein paar Pinien und Palmen, die in dieser Vorstadthölle Franziskas Sehnsucht nach Natur etwas linderten.

Sie teilten rasch die Zimmer auf. Diesmal bekam Franziska das schönste, ohne dass sie überhaupt ihre Meinung dazu gesagt hatte. Sie bot Michael mehrfach an zu tauschen, aber er wollte nicht.

Franziska sehnte sich danach, den Strand zu sehen. Der entpuppte sich zu ihrer Überraschung, nachdem sie eine fast nordeuropäische Dünenlandschaft durchwandert hatte, als dunkel, weit und leer. Keine Menschen, keine Party, keine Strandbar, keine Lichter. Auf dem Rückweg verlief sie sich und landete in einer Straße, die komplett dunkel war. Der umgekehrte Fall der auf der Zugfahrt beobachteten Fehlplanung: Hier standen Häuser, aber keine Straßenbeleuchtung. Zwischendurch hörte immer wieder der Bürgersteig auf, und Franziska stolperte über ausgedehnte Brachen. Dann stieß sie wieder auf ein Ensemble aus liebevoll gepflanzten Obstbäumen oder ein kleines Stück bestens ausgebauten Radwegs.

Insgesamt herrschte der Eindruck völliger Planlosigkeit. Franziska fühlte sich an amerikanische Vorstädte erinnert, die auch so etwas Unfertiges hatten und sich nur vom Auto aus, nicht aber zu Fuß erschlossen. Vielleicht machten Valeria und Enrique deshalb Urlaub in Pennsylvania, weil sie sich dort wie zu Hause fühlten.

Bei Tag verstärkte sich der amerikanische Eindruck. Manche Häuser wurden durch blickdichte Zäune, meterhohe Hecken, Alarmanlagen und Wachhunde abgeschottet. Die anderen stellten den Traum vom eigenen Häuschen geradezu ins Schaufenster. Sie waren in klischeehaftem Gelb verputzt und von Palmen umsäumt. Die meisten Leute schienen hier zumindest zeitweise zu wohnen und nicht etwa Ferien zu machen. Franziska stieß auf eine kleine Kirche, die wie eine Garage aussah, wo aber zweimal die Woche eine Messe gefeiert wurde. Die trostlosen Straßen nannten sich großspurig Avinguadas und waren ausgerechnet nach „deutschen Ländern" benannt: Alemana, Baviera, Suecia.

Ein magnetischer Punkt in dem Einerlei war der Tante-Emma-Laden „Los Amantes". Die beiden Betreiber, ein asketischer, irgendwie intellektuell wirkender Mann und eine ruhige, kugelige Frau in ihren Fünzigern, hatten ihn vielleicht nach sich selbst benannt; jedenfalls verfügten sie über eine ausgesprochen liebevolle Ausstrahlung. Franziska kaufte köstliche Reineclauden und anderes Obst und Gemüse.

Tagsüber war der Strand nicht so leer wie am Abend. Nicht weit von dem nächsten Aufgang begann ein Wald aus Sonnenschirmen. Hier war die Küste wirklich schnurgerade. In der Ferne erkannte man links Castellò, die größte Stadt der Region, und rechts den Hafen von Sagunt mit seinen stillgelegten Industrieanlagen. Dort, wo Franziska jetzt stand, befand sich der einzige Abschnitt, soweit sie sehen konnte, der kaum bebaut war und einen Blick auf die Berge erlaubte. Außerdem war er steinig, sicher ein Grund, warum hier nur wenige Leute am Strand lagen.

Franziska wusste das zu schätzen, aber Michael und die Kinder würden diesen Strand in den nächsten zwei Wochen kaum nutzen.

„Der Strand ist nur 200 Meter von unserem Haus entfernt. Hier kannst du endlich jeden Morgen schwimmen", schlug sie vor, nachdem sie vom Spaziergang zurückgekehrt war. Michael, der auf der hinteren Terrasse an dem langen Glastisch saß und sich die Nägel feilte, brummte nur, statt zu antworten.

„Das Wasser ist tief genug", fügte sie hinzu. „Es gibt keine Klippen und keine Seeigel. Zum Schnorcheln ist es wahrscheinlich zu langweilig, aber schwimmen kann man gut."

„Ich habe es mir angesehen. Das Wasser ist schmutzig."

„Das glaube ich nicht. Die Industrie ist schon lange stillgelegt. Es ist vielleicht etwas trüb, aber nicht schmutzig."

War Michael schon vor ihr morgens am Strand gewesen? Sie war sich nicht sicher. Im Internet, das hier gottlob funktionierte, suchte Franziska nach den Messwerten der Wasserqualität. Ganz in der Nähe befand sich immerhin ein Strand mit der Blauen Flagge. Die Messwerte waren in Ordnung. Franziska vermutete, dass der Untergrund lehmig und das Wasser darum nicht ganz klar war. Jedenfalls brach sich das Licht hier auf eine besondere Art. Manchmal leuchtete das Meer grell in Hellblau-Türkis, dann schillerte es wieder grau-grün oder petrol oder hellbeige, aber niemals mittelmeerblau.

Als Nächstes war Einkaufen angesagt. Im Supermarkt fiel Franziska plötzlich ein, dass das erste Viertelfinalspiel schon begonnen hatte. Sie bewahrte die Nerven und verlangte keineswegs von Michael, dass er sie sofort nach Hause fahre. Als sie zurückkamen, war das Spiel gerade vorbei. Franziska wartete auf die zweite Partie des Tages, die sich erst verspätete, nach einer Stunde wegen Regens abgesagt und auf den folgenden Tag verschoben wurde. Damit war klar, was sie am Sonntag tun würde: fernsehen. Drei Viertelfinalspiele hintereinander.

Deutschland schied unrühmlich aus, England auch, aber immerhin ruhmvoll. Österreich kam mit Glück und einer guten Torwartin weiter. Nach acht Stunden Fußball fühlte sich Franziska benommen und leer. Die Romafamilie, die im Nachbarhaus wohnte, schrie in gellender Tonlage aufeinander ein, ohne dass man den Eindruck hatte, dass sie miteinander stritten. Nachmittags saß der Pater familias auf einem Klappstuhl vor dem Haus. Manchmal vertrat ihn sein halbwüchsiger Sohn. Jeden Tag nahm er ihnen aufs Neue den Parkplatz weg. Die alte Frau lieh sich zehn Euro von Franziska, die sie nicht zurückbekam. Damit hatte sie schon in dem Moment gerechnet, als sie der Frau das Geld gab. Sie war alt genug, um zu wissen, dass so etwas passierte.

Als Franziska noch sehr jung war, hatte sie einmal einer fremden Frau, die sie vor der Uni angesprochen hatte, 250 D-Mark geliehen, einen großen Teil ihres Monatseinkommens. Damals hatte sie mit halbem Herzen gehofft, das Geld zurückzubekommen. Die Frau hatte heilige Eide geschworen, es ihr nach einer Woche zurückzugeben. Aber sie tauchte nie wieder auf.

Sagunt besuchten sie am falschen Tag, an einem Montag. Alles war geschlossen, nicht nur die Ausgrabungsstätten, sondern auch die meisten Läden und Lokale. Die halbe Altstadt bestand aus ehemals herrschaftlichen barocken Stadtpalästen, die verwahrlost und einsturzgefährdet aussahen.

„Können wir nicht wieder nach Hause fahren? Es ist viel zu heiß", moserten die Kinder.

„Ich will nur sehen, ob das römische Theater nicht doch geöffnet ist", bat Franziska.

„Warum sollte ausgerechnet das Theater an einem Montag offen sein? Lass uns lieber ein Eiscafé suchen. In der Neustadt ist bestimmt mehr los", entschied Michael.

Der moderne Teil unten am Fluss war tatsächlich belebter, aber hässlich wie fast alle mittelgroßen Ortschaften, die sie gesehen hatten. Einzig die Rambla aus dem 19. Jahrhundert und der Stadtplatz auf dem Gelände des ehemaligen Circus Maximus strahlten etwas Glanz ab. Gemäß Michaels Wunsch entdeckten sie eine offene Eisdiele, die laut Ladenschild seit 1925 im Familienbesitz war. Ganz in Weiß eingerichtet, erinnerte sie an die Milchbar in „A Clockwork Orange". Der Eiskonditor hatte mehrere Preise gewonnen und seine gesammelten Zeitungsausschnitte an der Wand ausgestellt. Franziska trank eine Cebada, ein Malzgetränk, das nach Zichorien schmeckte und angeblich seit der Antike so zubereitet wurde. Das Fruchteis war milchig, anders als italienisches, aber lecker.

Abends badete Franziska allein im dunklen Meer.

Nach dem verpatzten Montag planten sie ihre erste Wanderung. Was in Alkabir nicht möglich gewesen war, wegen der Hitze, nicht vorhandener Wanderwege und weil sie kein Auto hatten, holten sie hier nach. Sie brachen früh auf und fuhren eine knappe Stunde nach Norden in die Berge, in die „Wüste der kleinen Palmen". Diese Wüste war gar keine Wüste, sondern eine mediterrane Berglandschaft. Das Besondere daran waren Fächerpalmen, die einzige endemische Palmenart. Außer den Palmen gab eine maurische Burg die malerische Kulisse für ihre Wanderung ab, der sie sich jedoch nicht näherten, weil sie sonst den Kulisseneffekt ruiniert hätten, wie Franziska kalauerte.

Sie setzten im Innenhof eines religiösen Zentrums ein, den sie fälschlich für den Ausgangspunkt hielten. Dort wurden sie freundlich, aber bestimmt wieder hinauskomplimentiert. Also suchten sie das Informationszentrum des Nationalparks auf. Dort verkümmerte eine junge Angestellte, die sich große Mühe gab, ihnen das Wandern im Nationalpark schmackhaft zu machen, was ja gar nicht nötig war. Sie drückte ihnen einen ganzen Stapel Informationsmaterial in die Hand. Der spanische Staat gab viel Geld für seine Nationalkultur aus – auch in sämtlichen Museen war der Eintritt frei –, aber kaum jemand wusste dies zu schätzen. Alle Informationen waren auf Spanisch, und zwar auf Kastilisch und Valencianisch. Ganz selten fand man irgendwo eine englische Erklärung.

Schließlich entdeckten sie den Weg auf eigene Faust und marschierten los. Die erste Hälfte war so, wie Franziska sich einen Wanderweg wünschte, ein sich sanft schlängelnder Pfad auf federndem Boden, der mal anstieg, mal abfiel. Die zweite Hälfte führte über Schotterwege bergab. Sie wanderten auf die romanische Klosterruine aus rotem Sandstein zu, die ihre Blicke seit geraumer Zeit ins Tal gelockt hatte. Vorher passierten sie diverse Eremitagen, versiegte und auch sprudelnde Quellen und jede Menge Radfahrer. Wanderer trafen sie immerhin drei, die einzigen im gesamten Urlaub. Dabei waren die Temperaturen in den Bergen durchaus erträglich.

Aus heiterem Himmel verkündete Michael: „Ich gehe zurück und hole das Auto. Ihr könnt hier warten."

„Wieso? Wir haben nur noch eine Stunde zu laufen."

„Wenn wir jetzt eine Stunde weitergehen und ich dann erst das Auto hole, dauert es insgesamt zwei Stunden. Von hier aus schaffe ich es in einer Stunde hin und zurück, wenn ich eine Abkürzung nehme."

„Macht nichts, wenn es länger dauert. Wir wandern doch nicht, damit wir möglichst schnell wieder zu Hause sind. Das ist ja nicht der Sinn der Sache. Der Weg ist das Ziel."

Franziska zwinkerte Michael zu, als sie diesen abgedroschensten Satz der Welt aussprach, und hoffte, er würde sich wieder einkriegen.

„Es fängt bald an zu regnen. Die Kinder können nicht mehr. Es ist zu anstrengend für sie."

Franziska warf einen Blick auf die Kinder. Die pflückten am Wegrand Schilfrohre und fochten damit in der Luft. Sie wirkten nicht sonderlich angestrengt.

„Das glaube ich nicht, aber wenn du meinst. Dann gehe ich mit dir. Ich würde gern die ganze Wanderung machen."

„Wir können die Kinder nicht allein lassen. Und du kannst nicht fahren. Sonst würde ich ja hierbleiben."

„Dann lass uns alle zusammen gehen. Wir können Pausen machen, wenn es zu anstrengend wird."

„Das dauert zu lang. Ich bin allein viel schneller als ihr. Wir wollten noch an den Strand, das schaffen wir sonst gar nicht mehr. Und Helene ist zu klein für den ganzen Weg."

Warum scherte er sich auf einmal um Helene? Sie hätte sich getraut, die Kinder allein zurückzulassen. Was sollte hier schon passieren? Aber Michael war bereits losgegangen. Weil Franziska keine Lust hatte zu stehen und weil sie an jemandem ihren Ärger auslassen musste und das nicht die Kinder sein sollten, hockte sie sich unbequem auf die Erde am Straßenrand. Es fing an zu regnen.

Als Michael sie endlich abgeholt hatte, begaben sie sich auf die Suche nach einem Badestrand. Sie folgten einer Empfehlung des Reiseführers, aber der Strand von Orpesa hatte seine Schönheit, die er zweifellos einmal besaß, längst eingebüßt. Sein Name war „La Concha", weil die Bucht muschelförmig gebogen war. Die eine, naturbelassene Seite schloss an eine fotogene Steilküste an. Die andere war gepflastert mit 1960er- und 1970er-Jahre-Bauten. Schauriger Höhepunkt war ein zweiteiliger, etwa 20-stöckiger Apartmentkomplex namens Las Vegas I und Las Vegas II, der komplett die Sicht auf die

Altstadt und die Burg, die es natürlich auch hier gab, verstellte.

Trotzdem wurde es ein angenehmer Nachmittag, weil das Wasser ganz sanft war und Wolken die Sonne verdeckten. Am Ende schwammen Michael und Franziska gemeinsam im Regen. Warmer Regen, der ins warme Meer tropfte, und sie beide als Embryonen mittendrin. Den Kindern war es zu kalt.

Um das Versäumte nachzuholen, versuchten sie es nochmals in Sagunt. Das römische Theater war zum Teil zerstört, doch wieder aufgebaut worden. Den Dianatempel aus republikanischer Zeit verpassten sie erneut wegen antizyklischer Öffnungszeiten. Das Museum in einem alten Stadtpalast, einem der wenigen, die restauriert worden waren, war klein, aber es konnte mit einer iberischen Stierskulptur aufwarten. Die Burganlage war riesig – einen ganzen Kilometer lang. Eigentlich bildete die Burg selbst das alte Sagunt. Dort lagen das römische Forum, jüdische Gräber aus dem Hochmittelalter und maurische Stadttore einträchtig nebeneinander. Warum waren die Menschen später ins dumpfe Flusstal gezogen? Hier oben war die Aussicht gut und die Luft frisch; es wehte ein kühler Wind.

Danach statteten sie der Milchbar aus „A Clockwork Orange" noch einen Besuch ab. Auf eine ähnlich verdrehte Weise, wie Franziska Kubricks Filme schätzte, mochte sie auch die Stadt Sagunt – und gruselte sich zugleich ein wenig vor ihr.

Der Medienkonsum der älteren Kinder nahm nach und nach erschreckende Ausmaße an. Obwohl es nicht mehr so heiß war wie in Alkabir, obwohl der Aufenthalt in allem mehr Luxus bot als die erste Urlaubswoche: ein Laden in Laufnähe, der Strand vor der Tür, genug Platz im Haus, ein eigener Pool, ein eigenes Auto, schienen Edda und Luis die Welt jenseits ihrer Bildschirme kaum wahrzunehmen und keine Lust auf irgendetwas zu verspüren, wobei sie sich hätten bewegen müssen.

Die einfachste Erklärung für dieses Verhalten war, dass sie in Alkabir kein Internet zur Verfügung gehabt hatten, hier jedoch schon. Aber vielleicht war es nicht nur das. Vielleicht war es gerade der Luxus, der sich wie Mehltau auf die Stimmung legte, verstärkt durch die zwar funktionierende, aber irgendwie auch deprimierende Umgebung.

Michael war in eine Art Häuslichkeitswahn verfallen. Er behauptete, dass es ihn meditativ entspanne, wenn er den Besen schwinge. Franziska konnte sich das nur schwer vorstellen und war sich nicht sicher, ob er sie auf den Arm nahm oder ob er ihr im Gegenteil ein gutes Gefühl geben wollte, weil sie weniger gern putzte als er. Jedenfalls fegte er täglich das Haus und versammelte sie jeden Abend pünktlich um dieselbe Uhrzeit auf der hinteren Terrasse, wobei er großen Wert darauf legte, dass die Kinder den Tisch deckten und wieder abräumten.

Der lange, kalte Glastisch, bedrückend wie Schneewittchens Sarg, bot zehn Personen Platz. In Alkabir hatten sie an dem kleinen runden Küchentisch nur reihum essen können, und niemand war in der Hitze lange sitzen geblieben. Das Haus in Sagunt, dieser zweckmäßige Container, maßregelte und betäubte sie alle.

Jeden Abend gab es Pasta und Salat mit Honigvinaigrette. Die Honigvinaigrette impfte Michael Franziskas Töchtern förmlich ein; von da würden sie an ihren Salat viele Jahre lang nie mehr anders zubereitet essen. Nach dem Essen und vor dem Abräumen musste Konversation gemacht werden, damit die Kinder nicht sofort wieder zu ihren Handys und Tablets rannten. Franziska fand diesen Zwang quälend.

An der drückenden Stimmung war sie auch selbst schuld, das wusste sie sehr wohl. Sie ging allein spazieren, schaute stundenlang Fußball, blieb nachts auf der kleineren Terrasse vor dem Haus sitzen und betrachtete den Mond, hatte sogar begonnen, wie die Kinder auf dem Tablet stundenlang geistlose Spiele zu spielen. Zwar stand sie vor Michael auf, kochte aber nur eine große Kanne Tee und überließ es ihm, später das Frühstück zu machen. Ihre Entschuldigung war, dass die Sachen, bis die Kinder endlich herunterkämen, nicht auf dem Tisch vertrocknen sollten – was Michael ausdrücklich verabscheute – und dass er das Frühstück viel liebevoller zubereitete, als sie es konnte, mit frisch gepresstem Orangensaft und gepulten Granatäpfeln. Franziska wusste, dass Michael Dinge lieber selbst machte, weil er der Meinung war, dass er sie auch besser machte. Und dennoch war ihre Entschuldigung eine Ausflucht. Sie ließ sich bedienen und gab ihm zu verstehen, dass sie keine Lust auf Unterhaltungen hatte.

Oder? War es wirklich so? Oder waren sie einfach nur alle dabei, runterzukommen und sich zu entspannen? Was, wenn Michaels Geschäftigkeit genauso sinnentleert war wie Franziskas Nichtstun?

Was sie ärgerte: dass er so tat, als wäre Edda die Einzige, die sich nicht an Regeln hielt und sinnlos Zeit totschlug. Zugegeben, die Filmchen von X-Laeta und Bibis Beauty

Palace, die sie auf YouTube konsumierte, waren keine intellektuelle Herausforderung. Ebenso wenig eine Video-Challenge, bei der es darum ging, eine ganze Badewanne mit grünem Schleim zu füllen. Das Lesen hatte sie ganz aufgegeben. Dennoch war Edda nicht die einzige pubertierende Jugendliche im Haus. Luis war zwar an den Befehlston seines Vaters gewöhnt und widersetzte sich beispielsweise nicht dem Tischdecken, aber hinter dessen Rücken machte er doch, was er wollte.

Als Michael seinen Sarkasmus über Eddas Schminkorgien ausschüttete, nahm Franziska sie in Schutz: „Ich verstehe nicht, was an Schminken sinnloser sein soll, als den ganzen Tag ‚World of Warcraft' zu spielen."

„Ich habe Luis' Bildschirmzeit strikt begrenzt, und er hält sich auch daran. Wir reden miteinander. Er versteht meine Einwände."

Franziska glaubte kein Wort davon, hatte aber ein schlechtes Gewissen, weil sie Luis verpetzt hatte. Also ärgerte sie sich von nun an stumm, wenn sie sah, dass er seit vier Stunden in gekrümmter Haltung mit dem Tablet auf dem schwarzen Sofa hockte. Michael war der Einzige, der sich fast immer auf der Gartenterrasse aufhielt und darum nicht mitbekam, was die Kinder im Haus trieben.

Außerdem war sie sich natürlich bewusst, dass ihre Tochter ein Ausbund an Schlampigkeit war. Nach jeder Dusche ließ sie die nassen Handtücher zerknüllt auf dem Boden liegen. Kaum etwas brachte Michael mehr auf die Palme. Franziska traute Edda zu, dass sie das durchschaute und die Handtücher gerade deswegen nicht aufhängte.

Helene blieb die große Ausnahme, noch ein richtiges Kind. Auf sie schien sich die bleierne Atmosphäre nicht zu übertragen. Es tat Franziska leid, dass die Älteren ihre Bedürfnisse vollständig ignorierten. Sie versuchte ihr Bestes, Helene die Spielgefährten zu ersetzen. Für einige Stunden überwand sie ihre eigene Trägheit, tobte durch den Pool, ließ sich um den Beckenrand jagen, während Helene mit einem Wischmopp in der Hand hinter ihr herrannte.

„Das ist Punelli! Sie will dich fressen."

„Wieso Punelli?"

„Edda sagt, dass sie so heißt. Hier!"

Sie zeigte auf eine Metallplakette, die am Stiel angebracht war. Darauf stand „Punelli". Sicher ein Markenname.

„Ist der Wischmopp ein Mädchen?"

„Sie ist ein gefährliches Monster. Sie hat Schlangenhaare und kommt aus dem All."

„Wollen wir Punelli den Strand zeigen? Wenn sie aus dem All kommt, hat sie bestimmt noch nie das Meer gesehen."

Während Michaels Mittagsschlaf machten sie sich zu zweit auf den Weg. Franziska fühlte sich erhaben, weil sie beide es geschafft hatten, den Mehltau abzuschütteln.

Doch als sie am Strand waren, wollte Helene nicht ins Wasser, weil Edda ihr erzählt hatte, dass ein tödlicher Zitronenhai im Meer sein Unwesen treibe. Alle Versuche, ihr das auszureden, fruchteten nichts, und irgendwann war sich Franziska selbst nicht mehr sicher, ob es im Mittelmeer nicht doch Haie gebe, auch wenn sie sicherlich nicht gefährlich waren. Um Helene das zu beweisen, schwamm sie allein ein paar Runden.

Nachmittags unternahmen sie zu fünft einen Ausflug zu den Höhlen des heiligen Josef, nicht weit entfernt in einer Wüste, mitten im Nirgendwo. Umso seltsamer wirkte es, dass rund um den Eingang lauter Buden aufgebaut waren. Offenbar besuchten viele Spanier diesen Ort in den Ferien. Franziska nutzte die Gelegenheit, um ein paar Mitbringsel zu erstehen.

Edda litt unter Klaustrophobie. Erst vor Kurzem hatte Franziska verstanden, warum sie in Höhlen immer weinte. Als sie fünf

Monate alt gewesen war, besichtigten Esther und Franziska mit Edda auf dem Arm das Mithras-Heiligtum unter der Basilika von San Clemente in Rom. Das Kind schrie die ganze Zeit wie am Spieß und beruhigte sich erst wieder, als sie das Tageslicht wiedersahen. Armes Mädchen, dessen Eltern in jedes unterirdische Heiligtum, in jede Katakombe und jede mit Felsritzungen ausgestattete Höhle rannten!

„Möchtest du lieber nicht mitkommen, Edda? Ich kann mit dir draußen warten."

Michael hörte mit missbilligendem Gesichtsausdruck zu. „Die Grotten gehören zu den schönsten Tropfsteinhöhlen Spaniens. An deiner Stelle würde ich sie mir nicht entgehen lassen."

Nach längerer Überlegung entschloss sich Edda, es zu versuchen. Die Besucher wurden im Halbstundentakt durch die Grotte geschleust; alles war durchorganisiert. Franziska hatte in ihrem Leben schon beeindruckendere Tropfsteine gesehen; aber das Tolle hier war, dass man in einem Kahn unter der Erde fuhr. Theoretisch konnte man zwei Kilometer tief in den Berg vordringen. Sie begnügten sich mit 800 Metern, der mittellangen Tour. Da sie die Letzten in der Reihe waren, hatten sie ein Boot für sich allein, samt einem Bootsführer, der sie stakte.

Das Wasser war ganz klar und leuchtete märchenhaft. Oft mussten sie den Kopf einziehen, wenn sie durch die niedrigen Gänge glitten. Edda plapperte die ganze Zeit, um ihre Angst zu vergessen. Dabei liefen ihr geräuschlos die Tränen übers Gesicht. Michael warf Franziska auffordernde Blicke zu, aber sie dachte gar nicht daran, Edda das Reden zu verbieten. Sie war beeindruckt, wie sie sich ihrer Phobie stellte. Obwohl sie das Kind die ganze Fahrt über besorgt beobachtete, nahm Franziska doch die mystische Atmosphäre der Unterwelt wahr, die allerdings rasch wieder verflog, als sie nach draußen in die Hitze und den Rummel zurückkehrten.

Abends Halbfinale.

Ihr Besuch in Valencia sollte nur der erste von mehreren sein. Darum erlaubten sie sich, nach Michaels Siestalehre, mittags aufzubrechen. Schon der Bahnhof war eine Wucht, ein Kleinod des Jugendstils. Auch die fantasievollen Paläste aus dem Modernismo und dem Historismus standen dem kaum nach. Einer schien den anderen übertrumpfen zu wollen. In der Prachtentfaltung glichen sich die großen alten Städte Spaniens, während die kleinen lieblos verschandelt wurden.

Hier war es drückender als am Meer. Anfangs schleppten sie sich von Modegeschäft zu Modegeschäft, weil diese am besten klimatisiert waren. Natürlich gab es auch hier einen Ableger der dänischen Designkette. In diesem Sommer waren Bubble-Tea-Läden modern, und weil Franziska so etwas noch nie getrunken hatte und weil Michael, wie Erwachsene es manchmal tun, um ihre eigenen Wünsche zu rechtfertigen, den Kindern die Gier danach einredete, ließen sie sich in so einem Laden nieder. Es schmeckte grauenvoll. Erst glaubte Franziska, die schlüpfrigen Tapioka-Perlen wären aus Gelatine, und musste ihren Brechreiz niederringen. Als Luis sie aufklärte, dass die Perlen rein pflanzlich waren, war sie erleichtert und bewarf ihn damit. Michael sagte nichts, aber es war ihm anzusehen, dass er Franziskas Verhalten bemitleidenswert albern fand.

Wie Kinder, die von Pflasterstein zu Pflasterstein springen, näherten sie sich nach und nach der Kathedrale. Diese war überwältigend, jedenfalls wenn man kulturell so ausgehungert war wie Franziska. Am schönsten waren die Kapelle des hl. Kelches mit einem großflächigen Renaissancerelief aus Alabaster, ein ähnliches Relief in der Kapelle, die den Arm des hl. Vinzenz Ferrer barg, und zwei Gemälde von Goya über das Leben des Francesco Borgia. Im Kathedralmuseum stachen die lebensgroßen Figuren des Apostelportals hervor. Es ist immer ein bisschen merkwürdig, wenn man gotische Bauskulptur auf Augenhöhe und von Nahem betrachtet, dachte Franziska. Oft wirken die Figuren gröber, als man es erwartet, oder perspektivisch verzerrt oder im Ausdruck übersteigert. Diese hier jedoch waren von zurückhaltender Lieblichkeit.

Edda hockte die ganze Stunde lang, während die anderen die Kathedrale besichtigten, in einer Seitenkapelle und schrieb Listen. Helene hielt sich dicht an ihre Mutter wie das treue Hündchen auf einem Grabrelief und lauschte mit der ihr angeborenen Gründlichkeit den Erläuterungen des Audioguides.

Nach der Kathedrale besuchten sie die Almoina, eine Lagerhalle für Getreide. Noch bevor Franziska wusste, worum es sich handelte, war sie schon irritiert, als sie über die Straße blickte: Da stand eine frühchristliche Basilika im modernen Stil. Aber es war eben keine frühchristliche Basilika, sondern maurische Architektur, die auf eine bestechende Weise alt und modern zugleich aussah.

Als Drittes wollten sie die maurischen Bäder aufsuchen. Offenbar stimmte die Ortsangabe im Reiseführer nicht. Sie fragten in einem Hotel, und der Rezeptionist erklärte ihnen, wo sie entlanggehen müssten. Als sie wieder auf die Straße traten, schlug Michael jedoch nicht die Richtung ein, die der Angestellte ihnen genannt hatte, sondern die entgegengesetzte.

„Er hat doch gesagt, wir müssen geradeaus und hinter der übernächsten Ecke rechts", wunderte sich Franziska.

„Der Mann hat keine Ahnung."

„Warum hast du überhaupt gefragt, wenn du selber weißt, wo es langgeht?"

Michael hielt – meistens zu Recht – große Stücke auf sein Orientierungsvermögen. Er antwortete nicht und suchte stur weiter. Irgendwann gaben sie es auf. Die Bäder blieben unauffindbar. Franziska ärgerte sich ein bisschen, weil sie sie gern gesehen hätte.

Nun kamen sie an dem Wahrzeichen Valencias vorbei, dem gotischen Katharinenturm, und an einer Markthalle aus dem 19. Jahrhundert. Sie war nur vormittags geöffnet. Michael war enttäuscht; Franziska konnte es verschmerzen. Markthallen waren nicht ihr Ding. Letzter Programmpunkt war die berühmte Seidenbörse. Edda blieb wieder draußen. Die Halle war wie erwartet überwältigend, ebenso die Bauplastik an der Außenfassade. Franziska blieb so lange davor stehen, dass die anderen mit der Besichtigung fertig waren, bevor sie überhaupt ins Innere vorgedrungen war. Obwohl Michael es hasste zu warten, zwang sie sich, jedes Detail in sich aufzunehmen. Die Filigranität des gotischen Maßwerks entzündete ein Feuerwerk nach dem anderen.

Die Heimfahrt machte alle müde. Trotzdem saß Franziska bis spät in der Nacht vor dem Haus. Sie liebte die Stille, die erst gegen ein Uhr einkehrte. Dafür verzichtete sie gern auf ein bisschen Schlaf.

Am nächsten Morgen standen sie gleichwohl früh auf und brachen nach Peníscola auf. Die Stadt thronte auf einer Landzunge in einer fast geschlossenen, aber nichtsdestotrotz sehr breiten Bucht. So hatte man den Eindruck, dass das Meer einen riesigen See bildete und man mitten darin auf einer Insel stand. Allerdings war das endlose Ufer komplett bebaut, und es wimmelte von bunten Sonnenschirmen und Menschen, die um zehn Uhr morgens schon in Partylaune waren. Wiederum fühlte sich Franziska an die alten Fotos von spanischen Urlaubsorten erinnert, die sie so abgeschreckt hatten. Jetzt stand sie selbst an so einem Ort.

Da alle aufs Klo mussten, ließen sie sich in einer Bar nieder, die quasi direkt im Meer lag. Von der Terrasse aus konnte man buchstäblich die Fische füttern. Die Bedienung war so früh am Vormittag damit beschäftigt, nebenher zu putzen, und sah sie darum nicht gern. Alle Angestellten wirkten völlig übernächtigt.

Nach dem Frühstück betraten sie die äußere Burg, die die gesamte Altstadt umfasste. „Game of Thrones" war hier gedreht worden; das konnte man sich gut vorstellen. Franziska stritt sich ein bisschen mit Edda, die behauptete, Urlaube mit der Familie seien scheiße, die könne man „abhaken". Reflexartig antwortete Franziska, dass sie sich ja auch allein zu Hause langweilen könne. Immer wieder die gleichen Rituale, die zu nichts führten.

Die drei Nörgler wurden mit Spielkarten in der Bar zurückgelassen, und die Erwachsenen besichtigten das Innere der Burg. Wortlos trennten sie sich und gingen jeweils allein ihrer Wege. Franziska machte unzählige Fotos. Der Himmel war unwahrscheinlich blau wie eine überirdische Photoshop-Intervention. Sie dachte bei sich, dass sie, ohne Valencia und Peníscola gesehen zu haben, den Urlaub auch hätte abhaken können.

Luis wollte unbedingt Schiff fahren. Aber der Strand von Peníscola war dermaßen überfüllt, dass es die Erwachsenen fortzog, und man konnte auch nur ein Stehbrett mieten, kein Boot. Aufs Geratewohl schlugen sie die Heimatrichtung ein und fuhren am nächsten Strand bei Alcossebre gleich wieder raus. Dieser erwies sich als Glücksgriff, schmal, ein bisschen schattig und familiär. Die Apartmentanlagen waren höchstens drei Stockwerke hoch, und es gab nur ein einziges Hotel, das einen altmodischen Charme versprühte, das Gran Hotel de Las Fuentes. Dort würde sie gern einmal absteigen, dachte Franziska. Hinter der ersten Reihe der Häuser drängten sich schon die Berge. Sie befanden sich wieder am Rand einer Sierra.

Der Strand bot noch eine weitere Überraschung: Das Wasser war kalt – sonst hatte es überall Badewannentemperatur. Sie fanden heraus, dass direkt am Strand ein Fluss ins Meer mündete, vielleicht auch unterirdische Quellen. Die Kinder fingen bald an, im Flussbett zu spielen. Dort gab es Stellen, von denen Blasen aufstiegen. Trat man hinein, versank man bis zum Knie im Schlamm. Ein großer Spaß.

Luis' Wunsch nach einem Schiff ließ sich auch befriedigen. Sie mieteten ein Tretboot. Damit durfte man zwar die Bucht nicht verlassen und bewegte sich mit ungefähr einem Stundenkilometer fort, aber Luis war ein genügsamer Junge. Das Boot hatte eine kleine Rutsche, und plötzlich waren alle wieder drei Jahre alt.

Am folgenden Tag waren sie erschöpft von den zwei langen Ausflügen hintereinander. Außerdem war es der Tag des Finales. Die Zeit bis dahin überbrückte Franziska, indem sie wieder allein mit Helene an ihren Strand ging. Diesmal traute sich das Mädchen ins Wasser. Erstmals waren die Wellen richtig hoch, und Helene genoss es, sich von ihnen umwerfen zu lassen. Sie wünschte sich, dass auch die anderen die Wellen würdigten. Nach dem Spiel – die Niederlande gewannen verdient – gab sich Franziska große Mühe, alle zusammen ans Meer zu locken.

Es war das erste Mal überhaupt, dass sie zu fünft ihren Hausstrand aufsuchten. Edda musste man dazu zwingen, aber dann war sie diejenige, die am längsten im Wasser blieb und gefährliche Experimente wagte. Die Wellen waren noch höher und stärker geworden, und Franziska sorgte sich, weil Edda sich überhaupt nichts sagen ließ. Für Helene waren die Wellen eigentlich schon zu heftig, und Michael verbot Franziska ohne Umschweife, die Hand ihrer Tochter loszulassen.

Hand in Hand taten sie sich aber mehr weh, als wenn sie sich jede einzeln von den Wellen hätten herumwirbeln lassen. Darum gab Franziska bald auf, und Michael griff nach Helenes Arm. Entsetzt drehte sich das

Kind nach seiner Mutter um, aber Franziska wollte keinen Ärger, setzte sich ans Ufer und betrachtete die bunten Kiesel. Man hätte sie alle mitnehmen mögen.

Am anderen Tag spazierten sie, zurück in ihrer heimischen, flachen Gegend, einen Naturstrand am Rande eines Sumpfes entlang. Da es sich um ein Naturschutzgebiet handelte, fehlten ausnahmsweise die architektonischen Grausamkeiten. Obwohl vom Meer ein leichtes Lüftchen wehte, war es heiß. Der Strand lockte Franziska so sehr, dass sie mit den Mädchen nackt ins Wasser sprang, weil sie keine Badesachen dabei hatten. Michael und Luis blieben draußen.

„Wollt ihr nicht reinkommen? Es ist herrlich!"

Franziska winkte. Die Mädchen kümmerten sich nicht um die Zurückgebliebenen. Luis trippelte sehnsüchtig am Strand auf und ab, aber Franziska sah, dass es ihm peinlich war, sich auszuziehen. Er brauchte nur einen kleinen Schubs. Aber statt seinen Sohn mitzureißen, verkündete Michael:

„Hier sind keine Duschen. Man muss das Salz sofort von der Haut abwaschen, sonst brennt es den ganzen Tag. Wir bleiben erst mal draußen."

Nach dem Bad ließen sie die Kinder in einer schattigen Bar zurück und setzten den

Weg zu zweit fort. Offenbar war Franziskas Nacktbaden nicht so gewagt gewesen, denn sie kamen an vielen anderen Nackten vorbei. Dieser Strand schien sich als Treffpunkt für Nudisten, Schwule, Punks und Hundebesitzer etabliert zu haben.

Später kreuzten sie einen Trockensumpf und alte Obstanbaugebiete, wo sie sich an Feigen und Weintrauben satt aßen. Der Blick auf die Berge war vollkommen unverstellt. Sonnenstrahlen funkelten auf dem wogenden Gras. So schön hätte es überall sein können. So schön war es einmal gewesen.

Nach zwei Stunden erreichten sie wieder den Dorfrand. Der Ort war belebt und hübsch, bis auf drei wuchtige Kästen mit billigem Wohnraum, die unmotiviert mitten auf der Wiese standen. Als sie vom Strand in die Hauptstraße einbogen, überholte sie eine in jeder Hinsicht eindrucksvolle Frau. Sie war fast 1,80 Meter groß, ihr blondiertes Haar wehte im Wind, und sie trug nichts weiter als weiße Shorts, goldene Flip-Flops und eine schwarze Sonnenbrille. Abgesehen davon war sie komplett nackt. Mit schaukelnden, ohne Zweifel operierten Brüsten fuhr sie wie ein Dampfer in die Fußgängerzone ein. Neben ihr schlenderte ungerührt ein angeberisch gekleideter Mann vom Typ Gewohnheitsbetrüger.

Franziska blickte den beiden wie vom Donner gerührt nach. So etwas war ihr in Berlin noch nicht passiert. Doch Michael war gewohnheitsgemäß zu cool, um sich beeindruckt zu zeigen, und so folgten sie den beiden nicht, wie es Franziskas Impuls gewesen wäre. Schade, sie hätte gern gesehen, wie die Leute in der Fußgängerzone mit dieser Erscheinung umgingen.

Da Michael es den Kindern versprochen hatte – ohne dass diese überhaupt darum gebeten hatten –, fuhren sie anschließend zu dem Strand mit den kalten Quellen. Franziska hatte keine Lust zu schwimmen – so herrlich wie das Nacktbaden konnte es gar nicht mehr werden – und überlegte kurz, ob sie es den Kindern mit gleicher Münze heimzahlen und sich in eine Bar setzen sollte. Aber das wäre ja kindisch gewesen.

Sie legte sich in den Sand und döste. Der Strand hatte beim zweiten Besuch seinen Zauber verloren. Das Meer sah fahl aus, und alle waren lustlos. Franziska verspürte ein leises Gefühl des Triumphs, weil Michael in den letzten Tagen ständig davon geredet hatte, dass er endlich den ultimativen Strand entdeckt habe. Doch die Magie von Orten war verletzlich wie Libellenflügel.

Zu Hause klagte Michael über Kopfschmerzen und zog sich in sein Zimmer zurück. Franziska bereitete das Abendessen allein zu und stellte fest, wie viel Arbeit er sich sonst damit machte. Dann brachte sie die Kinder so schnell wie möglich ins Bett, und tatsächlich schliefen sie eine Stunde früher als sonst.

Am folgenden Abend besuchten sie eine Varieté-Vorstellung in Port de Sagunt. Beide Mädchen wollten erst nicht mitgehen. Luis hatte offensichtlich auch keine Lust, wusste aber, dass es keinen Sinn hatte, mit seinem Vater zu diskutieren. Schließlich brezelte Edda sich auf, um dem Ganzen eine eigene Note zu verleihen, wenn sie denn schon mitmusste. Dafür brachte sie ihren ganzen Schminkkoffer zum Einsatz. Michael war es so peinlich, dass er Edda am liebsten dagelassen hätte, als er sah, wie sie sich herausgeputzt hatte. Aber dann hätte er sich selbst Lügen gestraft, hatte er doch zuvor verkündet: „Heute kommen alle Kinder mit!"

Die Veranstaltung fand in einem sozialen Zentrum statt, einem ehemaligen Krankenhaus mit angeschlossener Cafeteria, die wohl seit dem Bürgerkrieg nicht renoviert worden war. Das bedeutete: Eddas Publikum waren Alte und Behinderte. Nicht das, was sie sie sich vorgestellt hatte. Während der Vorstellung schaute sie keine Minute lang nach vorn auf die Bühne und schrieb die ganze Zeit in ihren Block. Eine fremde Frau fragte, was mit dem Kind los sei, ob es keinen Zirkus möge. Auf Spanisch konnte Franziska es ihr nicht erklären. Auf Deutsch wäre es ihr auch schwergefallen.

Nach dem Theater stand das obligatorische Eis an. An der sogenannten Promenade des Ortes, in Wahrheit eine von parkenden Autos verstopfte Hauptverkehrsstraße, suchten sie eine vorgeblich italienische Eisdiele auf. Das Eis war viel zu süß.

Port de Sagunt war eindeutig der scheußlichste Ort von allen, die sie in diesem Urlaub gesehen hatten, wenn man von dem irgendwie stimmungsvollen Hospitalgarten absah. Die Promenade war ein widerlicher, dreckiger, ramschiger Ort. Ein einzelnes altes Haus stand vor all den Zehnstöckern, aber als zugemüllte Ruine. Dafür war der Strand genauso, wie ihn sich viele erträumen: breit, feiner Sand, flaches, klares Wasser. Am Himmel hing ein blutorangenfarbener Vollmond. Plötzlich hatte das pubertäre Kind wieder gute Kinderlaune und tobte mit den beiden anderen über den nächtlichen Strand.

Noch einmal gingen sie wandern, im nahen Calderón-Nationalpark. Luis und Helene entschieden sich nach erstem Zögern mitzukommen. Edda blieb allein zu Hause.

Auf dem Weg fuhr Michael frei nach Schnauze querfeldein; unter anderem unterquerten sie die Autobahn auf einer Schotterpiste am Flussufer. Wenn er sich verirrte, was selten vorkam, hörte er nicht auf Franziskas Ratschläge. Später freute er sich an kleinen Dörfern mit gewaltigen Kirchen, die sich ihnen in den Weg stellten, und an den engen Bergstraßen, während Franziska ein wenig schwindelig wurde. Links und rechts unter ihnen lagen die Ebene und das Meer, als sie sich langsam den Berg Garbí hinaufschraubten.

Die Wanderung entpuppte sich als die schönste des Urlaubs. Dreieinhalb Stunden stiegen sie erst ab, dann wieder auf, und zwar durch richtige Wälder aus Pinien, Feigenbäumen, Steineichen, Ginsterbüschen, Zistrosen, Schilf, Wacholdersträuchern, wildem Oleander und Granatapfelbäumen. Keiner meckerte, alle waren friedlich. Es hatte Vorteile, wenn Edda nicht dabei war. Auf dem Rückweg schauten sie bei einem barocken Franziskanerkloster vorbei, das um diese Uhrzeit leider geschlossen war. Aber die Lage am Ende eines Tals voller Olivenplantagen und in der Sichtachse der Burg von Sagunt war traumhaft.

Sechs Stunden später zeigte sich Edda genervt darüber, dass sie schon nach Hause kamen. Eigentlich hatte Franziska erwartet, dass sie im Laufe des Tages mindestens dreimal anrufen würde, weil sie Angst hätte, allein zu sein. Aber nein, sie kam gerade aus der Dusche und hatte den ganzen Tag nichts gegessen außer einer Tafel Schokolade.

Noch einmal Valencia, diesmal zehn Grad kühler als beim letzten Mal. Der Wind wehte frisch von den Bergen herunter. Als Erstes begaben sie sich zur Kathedrale, um das Wassergericht zu hören, das donnerstags tagte, das einzige vom Staat unabhängige Gericht Spaniens. Schlag zwölf Uhr trat ein Gerichtsdiener vor das Portal und sang einen unverständlichen Sermon. Es gab jedoch nichts zu verhandeln, und das Gericht wurde gleich wieder aufgehoben. Michael war enttäuscht.

Dann trennten sie sich. Michael hatte geplant, mit Luis und Helene das Ozeaneum zu besuchen. Bei der Gelegenheit wollte er einen Blick auf die von dem berühmten Architekten Calatrava entworfene Wissenschaftsstadt werfen. Franziska war sich nie ganz sicher, was seine Wünsche und was die der Kinder waren.

Sie selbst zog es ins Museum der schönen Künste. Edda schloss sich ihr an, wohl hauptsächlich, weil sie nicht mit Michael zusammen sein wollte und weil sie eifersüchtig war, nachdem Franziska den Tag zuvor mit Helene verbracht hatte.

Auf dem Weg ins Museum fand Franziska ohne Mühe die arabischen Bäder, die sie beim letzten Mal vergeblich gesucht hatten. Sie waren groß und sehr gut erhalten. Besonders gefielen ihr die Kuppeln und Gewölbe, die von sternförmigen Lichtlöchern durchsetzt waren. Mit den originalen Fliesen musste die Wirkung geradezu sphärisch gewesen sein.

Danach besichtigten sie die Kreuzritterkirche St. Juán, die älteste Kirche Valencias. Dort bewunderte Franziska kürzlich freigelegte gotische Wandmalereien. Leider durfte sie sie nicht fotografieren und konnte auch keine Reproduktionen für Esther kaufen.

Das Museum im königlichen Garten stellte sich dagegen als enttäuschend heraus. Nach dem Prado sollte es sich um die zweitgrößte Gemäldesammlung Spaniens handeln, aber offenbar war hier wie in Frankreich das bewegliche Kulturgut extrem zentralisiert worden, und Madrid hatte alles eingesammelt, was sehenswert war. Jedenfalls konnte das Museum nur mit wenigen Höhepunkten aufwarten. Am besten gefiel Franziska die valencianische Gotik. Die Namen der Maler hatte sie samt und sonders nie gehört. Im Vergleich zu italienischer oder französischer

Kunst jener Zeit verzichteten die Spanier auf jegliche Weichheit und Lieblichkeit. Auch war das Inkarnat der Porträts viel grünstichiger und härter. Manche Szenen erinnerten in ihrer grotesken Übertreibung an deutsche oder niederländische Malerei. Seltsamerweise fiel die Renaissance-Malerei dagegen etwas ab, obwohl es sich um die wirtschaftliche Blütezeit Valencias handelte.

Aus den späteren Jahrhunderten stachen der hochdramatische Ribera hervor, der ganz in der Nähe geboren war, natürlich Velázquez mit einem verstörenden Selbstporträt und El Greco, von dem ein Johannes der Täufer zu sehen war. Von Goya gab es ein paar Porträts, die selbstverständlich meisterhaft, aber nicht so interessant wie die beiden Gemälde in der Kathedrale waren. Am meisten mochte Franziska das kleine Hündchen, das zu einer Dame gehörte, die Goya keck auf einem Baumstamm sitzend porträtiert hatte. Ein echter Hundemaler.

Als jüngsten Vertreter der Franziska so unbekannten spanischen Malerei entdeckte sie Sorolla, einen konservativen, aber sehr versierten Spätromantiker und Impressionisten. Dass er so erfolgreich war – er gewann zum Beispiel bei der Pariser Weltausstellung den ersten Preis –, wunderte sie nicht, denn die Bilder waren unglaublich geschickt und ästhetisch inszeniert.

Edda wartete die ganze Zeit auf sie in einem bequemen Museumspolster, schrieb Listen und chattete mit Leuten aus ihrer Klasse. Als Franziska sie abholte, hatte sie großen Hunger. Sie fielen in ein typisches Touristenneppcafé ein und warteten eine ganze Stunde auf das Essen. Als es kam, war es halbkalt, schmeckte aber nicht schlecht. Zum Glück war Edda ein Kind, das sich wenig für Essen interessierte. Während sie warteten, machte Franziska ein paar Fotos, die sie an diesen Tag erinnern sollten, den sie zu zweit verbracht und an dem sie sich nicht gestritten hatten.

Sie versuchte sogar, sich mit ihrer Tochter zu unterhalten. Diese lächelte ihre Mutter immerhin freundlich an, legte den Kopf auf den Tisch und streckte ihr die Zunge heraus. Die Kopfhörer, die Sonnenbrille und den Strohhut hatte sie den ganzen Tag nicht abgenommen.

Schade, dass sie so bald zurückmussten. Franziska hatte das Gefühl, wenn sie noch ein paar Stunden durch Valencia gestreift wären, hätte Edda irgendwann angefangen, mit ihr zu reden. Aber es war schon spät. Auf dem Rückweg zum Bahnhof streiften sie das Keramikmuseum, das in einem prächtigen

Barockpalast untergebracht war, und den Mercado Colón, die andere der beiden Jugendstilmarkthallen. Plötzlich rief Michael an, wo sie denn blieben, und sie mussten im Laufschritt zum Bahnhof eilen. Dort angekommen warteten sie 20 Minuten auf ihn, weil er noch in einem Vintageladen herumwühlte, und so verpassten sie schließlich ihren Zug.

Die Drei hatten den ganzen Nachmittag mit Delfinen, Haien und Belugas im Ozeaneum verbracht. Franziska war froh, dass sie nicht dabei gewesen war. Ihren Tag mit Edda hatte sie als sehr erfüllt erlebt. Edda offenbar auch, wie sie ihrer Schwester gegenüber deutlich betonte – ob sie es wirklich so empfand oder nur die Delfine schlechtmachen wollte, wurde nicht deutlich. Helene wirkte ein wenig eingeschüchtert. Franziska kriegte nicht aus ihr heraus, ob sie Delfine gestreichelt hatte und ob es okay gewesen sei ohne Mama. Michael schwärmte von Calatravas Stahlskelettkonstruktionen, und Luis war schon längst wieder hinter dem Tablet abgetaucht.

Am nächsten Morgen war Helene krank. Kein Wunder. Als Franziska einige Tage zuvor in ihr Zimmer getreten war, um ihr aus der „Unendlichen Geschichte" vorzulesen, erschrak sie, denn das Zimmer war kalt wie ein Leichenschauhaus. Obwohl die Hitze deutlich nachgelassen hatte, beharrte Michael darauf, dass die Kinder nur bei angeschalteter Klimaanlage ruhig schliefen. Die Temperatur hatte er auf zwölf Grad eingestellt. Sofort schaltete Franziska das Gerät ab und kuschelte sich an ihr frierendes Kind. Danach schlich sie jeden Abend, wenn die Kinder schon schliefen, in deren Zimmer und stellte heimlich die Klimaanlage aus.

Nun hatte sich Helene trotzdem erkältet. Nachts hatte Franziska wachgelegen und den Klagelauten des Kindes zugehört, die es im Schlaf ausstieß. Am nächsten Morgen fühlte sie sich selbst wie gerädert. Aber es stand wieder Packen und Putzen auf dem Programm, weil die Abreise nahte. Da sie das große Haus nur geliehen und nicht bezahlt hatten, mussten sie alles gründlich reinigen und in Ordnung bringen. Dafür genügte der Abreisetag nicht; also fingen sie bereits einen Tag vorher an, Michaels groß ausgelegten Putzplan umzusetzen.

Vergeblich versuchte Franziska, die Spritzer der Tomatensoße von der Küchenwand abzuwaschen, die sie beim Kochen darauf verteilt hatte. Alles war hier luxuriös und teuer, aber die Küche zu fliesen war nicht mehr drin gewesen.

Michael widmete sich wieder einmal den Fußböden. Luis wusch das geliehene Auto. Trotz ihrer Erkältung half Helene ihm, und die beiden hatten sogar Spaß daran, wie man deutlich hörte. Edda weigerte sich, Handlangerdienste für andere auszuführen. Sie wollte autonom handeln. Franziska trug ihr auf, die Badewanne zu säubern, und das machte sie ganz ordentlich.

Während Franziska durchs Haus lief und die verstreuten Sachen der Kinder einsammelte, trat sie immer wieder auf die vordere Terrasse und blieb einen Moment dort stehen. Sie sah zum Himmel auf und zu den wenigen Bäumen auf dem Nachbargrundstück. Es überraschte sie, aber sie bedauerte es abzureisen, obwohl sie zuletzt die Tage gezählt hatte, bis sie wieder mit Esther zusammenwar.

Das Klima, das Licht, das Meer würde sie vermissen. Sie kam vom Süden nicht los. Dieser vorletzte Tag war besonders schön: frisch, sonnig, klare Sicht. Schade, dass sie vor lauter Putzen nicht mehr aus dem Haus kommen würde. Abends würden sie zusammen ein letztes Mal ans Meer gehen, um den Mondaufgang zu erleben. Das hatte sich Michael gewünscht, nachdem die Kinder in Port de Sagunt so ausgelassen getobt hatten. Doch dann würde die Sonne bereits im Meer versunken sein.

Am dunklen Strand, einige Stunden später, drehten alle drei Kinder von Neuem so auf, dass keinerlei besinnliche Abschiedsstimmung aufkam. Statt dem Rauschen der Wellen zu lauschen, sangen sie sich gegenseitig Popsongs von Justin Bieber und Ed Sheeran vor. Leider gab es hier keine Strandbar wie in Alkabir. Der Cocktail, den Franziska und Michael dort vor fast drei Wochen getrunken hatten, war der einzige im ganzen Urlaub geblieben. Auch die Weißweinabende auf der Terrasse waren ausgefallen.

Sie hatten sich nicht einmal auf eine gemeinsame Terrasse einigen können. Während Michael die rückwärtige Terrasse mit Esstisch und Grillplatz als die eigentliche ansah, verharrte Franziska vor dem Haus, eingeengt zwischen dem gummierten Basketballplatz und den unheimlichen Silhouetten der Koniferen.

Ihr schwante, dass sich Michael seinen Urlaub anders vorgestellt hatte. Mit Esther hatten sie jeden Abend lange zusammen gesessen, getrunken und gequatscht, für Esthers Geschmack sogar zu lange, weil sie viel Schlaf brauchte. Warum hatten sie all das hier nicht getan? Franziska hatte keine Ahnung. Sie wusste nur, dass es jeden Tag von Neuem irgendeinen Grund gegeben hatte, der dagegen sprach.

Irgendwie hatten sie es nicht nur nicht geschafft, die Zwänge aufzuheben, von denen Michael am ersten Abend gesprochen hatte. Stattdessen hatten sie zusätzliche, neue Zwänge geschaffen und sich in einem Gitter aus Regeln und Mutmaßungen verfangen. Was wollten die Kinder, was war gut für sie? Was konnten sie, was durften sie?

Erwachsene definieren ohne Unterlass die Grenzen der Kinder, aber sie sind nicht ehrlich zu sich selbst. Was sie selbst wollen, können und müssen, darüber legen sie sich keine Rechenschaft ab, wenn sie sich hinter den Kindern und deren vermeintlichen Interessen verstecken. Michael und sie hatten kein einziges Gespräch geführt, in dem es nicht um die Kinder gegangen war.

Gleichzeitig hatte Franziska das Gefühl, dass die Kinder in diesem Urlaub zu kurz gekommen waren. Dass sie nichts erlebt hatten, was sie bereicherte, nichts, woran sie sich erinnern würden, weil es gar nicht um sie gegangen war, sondern immer nur um das, was die Erwachsenen von ihnen erwarteten. Ihre Eltern – und das galt für sie selbst genauso wie für Michael – hatten in Wahrheit nur die Zeit herumbringen wollen, bis Esther aus Amerika zurückkehrte. Bis sie

sie sich wieder geduldig Michael Probleme anhören und Franziskas diffusen Alltag festhalten würde wie ein Rettungsanker. Hinter allem stand, wie aus einem Gruppenbild herausgeschnitten, Esthers Schatten.

Sie war es, die fehlte. Ohne sie funktionierten die Dinge nicht. Sie besaß die nötige Klarheit, um Franziskas dunkles Wollen aufzudecken und Michaels harsche Anmaßung zu brechen. Sie war der Kitt, der die Gegensätze auf geheimnisvolle Weise so zusammenfügte, dass sie nicht mehr wie Gegensätze wirkten, sondern wie Ergänzungen.

Ohne Esther kippten Michael und sie ständig über die Ränder ihrer Wahrnehmung, als stünden sie auf einer Drehscheibe, deren Achse sich hob und senkte. Was auf Franziska erholsam wirkte, kam Michael langweilig vor und umgekehrt. Was ihn stresste, fand sie lustig – und umgekehrt.

Schweigend schlenderten sie über den nachtschwarzen Sand. Selbst wenn es hier eine Strandbar gegeben hätte, würden sie ihr Gespräch vom ersten Abend nicht wieder aufnehmen. Franziska traute sich nicht zu fragen, ob Michael mit dem Urlaub zufrieden war. Das war Esthers Ritual des letzten Abends, das Franziska häufig ein wenig aufgesetzt vorgekommen war. Michael fragte sie genauso wenig danach.

Was seltsam war: Er hatte extra den Zeitpunkt des Mondaufgangs nachgeschlagen, damit sie ihn nicht verpassten, aber der Mond zeigte sich nicht, obwohl keine Wolken am Himmel zu sehen waren. Was hatte das zu bedeuten? War es ein Zeichen? Ein göttlicher Kommentar zu ihrem Urlaub?

In der letzten Nacht vor der Abreise schlief Franziska dank einiger Vorsichtsmaßnahmen endlich wieder durch. Die Tür zum Kinderzimmer war zu, so hörte sie kein Gejammer. Das Fenster ebenfalls, und ein zusätzliches T-Shirt bewahrte sie vor dem Frieren, wenn auch nicht vor der Stickigkeit. Wie immer stand sie als Erste auf. Der Tee war alle, aber sie trank im Urlaub ohnehin lieber Kaffee. Bevor die anderen herunterkamen, hatte sie noch etwas Zeit zum Schwimmen.

Juli/August 2017

ROM UND BLICKE

Warum ist es so schwer, sich freizumachen? Warum so schwer, Ruhe zu finden? Heute Nacht lag ich wach, während ich mich mit einem Sonnenstich unruhig in meinem Prokrustesbett wälzte. Wie soll man sich auf diese Weise erholen?

Urlaub ist die gefährlichste Zeit des Jahres. Urlaub ist wie ein Brennglas. Ein Tummelplatz für Erfahrungen, die man nie wieder vergisst, und zugleich ein regelmäßig durchgeführter Probelauf, ob man als Mensch noch funktioniert.

Hier, in diesem Bauernhof im Alentejo, der vom Gipfel eines ehemaligen Weinbergs weit über das Land blickt, fast bis zum Ozean, hier soll ich zur Ruhe kommen und mich erden. Erde ist genug da, aber ich weiß nicht, welchen Teil meiner selbst ich in sie hineinstecken soll, um die negative Energie abzuleiten.

Urlaub steht am Anfang des Erwachsenenlebens. Wenn man die Schule verlässt, wenn man die Eltern verlässt, wenn man seine Heimatstadt verlässt, wenn man seinen ersten Freund verlässt – was tut man, um einen scharf bemessenen Abstand zwischen Vergangenheit und Zukunft zu schaffen? Man fährt in den Urlaub. Jedenfalls als Kind aus wohlhabendem, gutbürgerlichem Hause. Der erste ohne die Familie verbrachte Urlaub ist ein Initiationsritus. Denn auf Reisen muss man sich beweisen. Plötzlich sieht man sich Herausforderungen gegenüber, die sich einem zu Hause nie gestellt haben. Susan Sontag schrieb sinngemäß, das Beste am Verreisen seien die Unannehmlichkeiten, weil sie einem vor Augen führten, wie gut es einem zu Hause gehe.

Der Ausdruck „Unannehmlichkeiten" ist stark untertrieben für manches, was ich auf Reisen erlebt habe; dabei bin ich nicht einmal viel außerhalb Europas unterwegs gewesen. Vor allem sexuelle Übergriffe: Exhibitionisten, Grabscher, verbale Demütigungen und Drohungen, und mit solchen minderen Ausrutschern habe ich noch Glück gehabt.

Als ich mit 19 ein paar Wochen allein in Rom verbrachte, war ich ständig auf der Flucht. Mein Hotelzimmer war winzig und ärmlich, und ich konnte nicht den ganzen Tag dort auf dem Bett hocken; also wich ich auf öffentliche Plätzen aus, um dort zu lesen. Die Straßen waren zu sonnig, blieben die Parks. Zwischen Drogenbestecken und gebrauchten Kondomen versuchte ich es mir halbwegs gemütlich zu machen; doch sobald ich zehn Minuten still auf einer Bank saß, tauchte irgendein fremder Mann auf und baggerte mich an. Im besten Fall nur mit Worten. Wenn er mich nicht gleich anfasste. Bat ich ihn dann, mich in Ruhe zu lassen, ich wolle lesen, stellte er sich taub.

In diesem Urlaub las ich wenig, obwohl ich sehr viel Zeit hatte. Das Buch, das ich durch die römischen Parks trug, war „Ada" von Vladimir Nabokov.

Alle Einwände, die ich vorbrachte, schienen die Hartnäckigkeit dieser jungen, manchmal auch älteren Männer nur zu beflügeln. Sie ließen sich einfach nicht abschütteln. Vielleicht waren sie ebenso auf der Flucht wie ich? Jäger und Gejagte. So wie ich einen Ort nicht länger als zehn Minuten für mich erobern konnte, bevor ich weiterzuziehen gezwungen war, so versuchten die Männer, einen Standpunkt für sich zu finden, den sie immer wieder verloren geben mussten.

Einmal fuhr ich auf komplizierten Wegen mit dem Bus von Rom nach Tusculum, wo Cicero die tuskulanischen Gespräche verfasst hatte. Von der Bushaltestelle aus musste ich eine Dreiviertelstunde lang einen Berg hinaufgehen. Ich war die Einzige, die dort an der Landstraße ausgestiegen war. Es gab keine Hinweisschilder, und nur ein Trampelpfad wies mir den Weg zu den spärlichen Resten von Ciceros Sommervilla. Dort oben stand ich allein auf dem Hügel, genoss die Fernsicht, ließ den Blick kreisen und hatte zum ersten Mal während meines Rom-Aufenthalts das Gefühl, ungestört und der Antike nahe zu sein.

Dieser Moment vollkommener Stimmigkeit währte nur wenige Minuten. Ich wandte mich um, um mir nach der langen Fahrt ein Plätzchen zu suchen, wo ich mich ausruhen, ein kleines Picknick machen und endlich in Ruhe lesen konnte. Da gewahrte ich plötzlich einen Mann, der sich vor mir im Gebüsch versteckte. Sofort rutschte mir das Herz in die Hose; denn an einem solchen Ort würde mir niemand zu Hilfe eilen. Im Laufschritt hastete ich an dem Mann vorbei und rannte den Berg hinunter zur Bushaltestelle. Obwohl ich den Kopf gesenkt hielt, nahm ich aus dem Augenwinkel wahr, dass er seinen Schwanz herausgeholt hatte und onanierte.

Kehrte ich an diesem und an anderen Tagen von meinen Streifzügen rastlos in die Absteige zurück, fand ich auch dort keine Ruhe. Ein junger Kriegsflüchtling aus dem Libanon putzte die Zimmer, eine Tätigkeit, die er für unter seiner Würde hielt. Später erfuhr ich, dass er aus einer reichen Familie stammte und der Sohn eines Offiziers war. Im Libanon hatte er ein Medizinstudium begonnen. Der Verlust seiner Privilegien machte ihm schwer zu schaffen. Sein Standesbewusstsein war stärker als die reale Erfahrung, nichts mehr zu besitzen und zu den Ärmsten und Elendesten zu gehören.

Bei den Flüchtlingen, mit denen ich viele Jahre später zu tun hatte, begegnete ich diesem Dünkel nur selten. Vielleicht haben sie nur gelernt, ihn besser zu verstecken. Vielleicht sind sie einfach weniger aufrichtig als die Flüchtlinge früherer Jahrzehnte, weil die Angst, nicht akzeptiert zu werden, sie dazu bringt, ihre Gefühle zu verleugnen, weil sie den Druck der Erwartungen spüren, der sich in den letzten Jahrzehnten mit der Gewalt eines Tsunamis aufgebaut hat.

Dieser junge Mann namens Ahmad war jedenfalls der Meinung, er habe etwas Besseres verdient, und er beschloss: Dieses Bessere war ich. Ich sollte seine Rückfahrkarte in eine reichere und vor allem vornehmere Welt sein. Nun war er weder abgebrüht noch gerissen – ebenso wenig wie ich mit meinen 19 Jahren –, sonst hätte er rascher erkannt, wie man mich am besten in die Enge trieb.

Das wäre nicht einmal besonders schwer gewesen. Jahre später dachte ich ernsthaft darüber nach, eine Scheinehe einzugehen, um jemandem einen Aufenthaltsstatus zu verschaffen, und dies nicht nur einmal. Hätte Ahmad an mein moralisches Bewusstsein appelliert, wer weiß, ob ich ihn nicht mit nach Hause genommen hätte. War ich doch der Überzeugung, als Angehörige eines mit Schuld beladenen Volkes und einer privilegierten Klasse zu jeder Hilfeleistung gegenüber Schwächeren verpflichtet zu sein.

Aber Ahmad wollte nicht der Schwächere sein. Er kannte mit seinen 21 Jahren keine andere Rolle als die des Verführers, wie er sie von seinem Vater und seinem älteren Bruder gelernt hatte. Also machte er sich vor meinen Augen nach Strich und Faden lächerlich. Er rühmte meine Schönheit, schenkte mir rote Rosen, brachte mir Süßigkeiten, die er nach dem Rezept seiner Mutter selbst zubereitet hatte. Erblickte er mich aus der Ferne, legte er die rechte Hand auf sein gebrochenes Herz und verzog schmerzlich das Gesicht. Wenn ich mit ansah, wie er den Fußboden kehrte, senkte er wegen seiner erniedrigenden Lage schamvoll den Kopf. Beiläufig klagte er wahlweise über schlaflose Nächte oder sehnsuchtsvolle Träume. Er schwor, er werde sterben, wenn ich ihn nicht erhörte.

Bald konnte ich auch im Hotel nicht mehr in Ruhe lesen.

Als er mich so weit gebracht hatte, dass ich mit ihm spazieren ging, schilderte er mir in leuchtenden Farben den Reichtum seiner Familie, um zu unterstreichen, was für eine gute Partie er im Grunde sei. „Eines Tages werden wir alles zurückbekommen", sagte er. „Eines Tages werden sie für alles büßen."

Wer würde wofür büßen? Ich wollte es lieber nicht so genau wissen. Für die Erfahrung, dass ein Opfer selbst zum Unterdrücker werden kann, war ich noch nicht bereit.

Ahmad brachte mich zu der Familie seines Cousins, der schon länger in Italien lebte und ein paar Jahre älter war. Dieser Cousin kannte sich besser aus als Ahmad. Er lächelte mir verständnisvoll zu und nahm den jungen Mann beiseite, um ihm ein paar Tipps zu europäischen Frauen zu geben. Zu mir sagte er, halb entschuldigend, ich solle ein bisschen Geduld haben und nicht alles ernstnehmen, was Ahmad von sich gebe. Er sei ja noch so jung.

Vielleicht war es die Frucht jener Ratschläge, dass Ahmad mir auf unserem nächsten Spaziergang versicherte, alles über Frauen zu wissen. Er hatte in Beirut eine Freundin gehabt, eine Kommilitonin von der Uni. Am meisten habe sie es genossen, wenn er sie in der Mittagshitze auf den Esstisch gelegt und im Stehen genommen habe. „Ich mache so gut Liebe, wenn du wüsstest! Arabische Männer machen viel besser Liebe als Europäer. Viel sinnlicher, weißt du. Das bessere Essen, die Sonne ..."

Ich muss zugeben, dass mich diese neue Strategie beeindruckte. Ich war jung und unerfahren und glaubte, es sei eine Frage der Kultur, wie gut jemand im Bett sei.

Allein diese verzopfte Redewendung: „gut im Bett sein" ... – Dass sie damals für mich eine Bedeutung hatte, sagt alles. Als wäre Sex eine Technik, die man lernen könnte. Das glaubten wir wirklich im 20. Jahrhundert! Wir führten Buch über unsere Orgasmen. Natürlich ist es nützlich zu wissen, wie man jemanden zum Orgasmus bringt. Aber Sex darauf zu reduzieren ist ein Armutszeugnis. So mancher Akt mit multiplen Orgasmen, die ich erlebte oder schenkte, war bei Tageslicht betrachtet nur erbärmlich. Was sexuelle Klischees betrifft, waren wir damals fast alle Rassisten. Ich glaubte sogar, Afrikaner wären „besser bestückt"! Noch so eine Redewendung aus den stickigen Bettritzen des 20. Jahrhunderts. Bei einem meiner allerersten Clubbesuche ging ich nur deswegen mit dem Barmann nach Hause, weil er schwarz war. Sein Penis war eher mittelgroß, und nachts pinkelte er damit ins Waschbecken, als er glaubte, ich schliefe.

Ich muss zugeben, dass mich Ahmads Eigenlob damals hellhörig machte. Nach einer lange hinausgezögerten und äußerst widerwillig gewährten Kostprobe war ich allerdings geneigt, das Klischee auf den Kopf zu stellen und zu behaupten, arabische Männer seien keine besseren, sondern die lausigsten Liebhaber der Welt. Das ist natürlich Unsinn, aber dass Ahmad keine Ahnung von irgendetwas hatte, war so offensichtlich, dass ich mich auf dieses Experiment nicht hätte einlassen müssen.

Habe ich eigentlich auch gar nicht. „Sich auf etwas, nämlich Sex, einlassen" suggeriert Einverständnis. Heute versteht man darunter etwas anderes als damals. Sich erpressen, überreden, manipulieren, bedrängen lassen fällt nach heutigen Maßstäben nicht unter Einverständnis.

Bis ich mich auf Ahmad „einließ", vergingen ein paar Monate. Erst einmal besuchte mich mein damaliger Freund in Rom. Mit seiner Anwesenheit änderten sich die Dinge schlagartig. Wir bezogen ein größeres und teureres Zimmer in dem schäbigen Hotel. Da nur zwei Einzelbetten darin standen, schoben wir sie zusammen. Ahmad, der unser Zimmer saubermachte, rückte die Betten jeden Tag wieder auseinander, und wenn er mich auf dem Gang traf, warf er mir vorwurfsvolle, aber auch von Herzschmerz getränkte Blicke zu. Er sprach mich sogar an und behauptete, dass es nicht gestattet sei, die Möbel zu verrücken. Meinetwegen werde er Ärger mit dem Besitzer des Hotels bekommen. Sie seien schließlich kein Bordell und die italienischen Sittengesetze streng.

Ich glaubte ihm kein Wort. Der Besitzer war ausschließlich daran interessiert, pünktlich sein Geld zu erhalten. Beim nächsten Mal schoben mein Freund und ich die Betten nicht nur zusammen, sondern knoteten die Holzbeine mit Halstüchern fest aneinander. Ahmad litt und stöhnte: „Wie kannst du mir das antun?", unternahm aber nichts mehr dagegen. Er nahm an, dass dies der Einfall meines Freundes gewesen sei – obwohl ich es war, die ihn gehabt hatte – und traute sich nicht, den deutschen Mann zurechtzuweisen. Er gab mir nur zu verstehen, dass ich mich nicht an so einen wegwerfen dürfe.

Mit meinem Freund an der Seite verwandelte sich Rom wieder in die Stadt, die ich liebte. Wir saßen ungestört in jeder Trattoria und in jedem Park, solange wir wollten. Niemand behelligte uns. Die Römer behandelten uns herzlich und zuvorkommend. Nein, falsch. Sie behandelten meinen Freund herzlich und zuvorkommend. Mir schenkten sie keine Beachtung. Ich versuchte, meinem Freund zu schildern, wie es vorher gewesen war. Da er ein aufgeklärter junger Mann war, glaubte er mir, aber wirklich vorstellen konnte er es sich nicht. Mich machte es wütend, dass ich mich erst jetzt, mit ihm, in der Stadt frei und nach Laune bewegen konnte. Andererseits freute ich mich darüber, dass meine Reise einen versöhnlichen Abschluss fand. Der schönste Tag – das Verhältnis zwischen schönen und nicht-schönen Tagen fiel immer noch zu meinen Ungunsten aus, weil wir uns viel stritten – war einer der letzten, den wir am Strand von Ostia verbrachten.

Ostia war ein trauriger, schmutziger Ort, aber nach all den in der Stadt überstandenen Hitzewochen war ich glücklich, das Meer zu sehen. Wir tanzten gemeinsam im Sonnenuntergang zu „Dancing Barefoot", aber nicht in der Version von Patti Smith, sondern von einer australischen Punk-Band namens „The Celibate Rifles", die dort am Strand auf einem kleinen Festival spielte. Der Sänger nannte sich Damien Lovelock, trat passenderweise barfuß auf und schüttelte singend sein langes blondes Haar. Ab und zu lächelte er mich an, während er mir von der Bühne aus beim Tanzen zusah. Mein Freund wurde eifersüchtig, und wir stritten uns wieder ein bisschen.

Dies war der beste Abend, den ich in Rom erlebte, und ich verdankte ihn zwei Männern, einem, der mich beschützte, und einem, der mir gefiel.

Später im Leben fragte ich mich, wie es zu jenen Statistiken kommt, die besagen, dass die Hälfte aller Frauen schon einmal sexuelle Gewalt der ein oder anderen Art erfahren habe. Dass das, was Ahmad einige Zeit nach diesem Urlaub mit mir machte, im 21. Jahrhundert unter die Kategorie sexueller Nötigung fallen würde, darauf wäre ich im Jahr 1989 nicht einmal im Traum gekommen. Aber genauso muss man es wohl betrachten. Alles Mögliche, was wir damals normal fanden, war nicht normal. Meine ältere Schwester brachte mir bei, mich zu freuen, wenn mir auf der Straße ein Mann hinterherpfiff, und beunruhigt zu sein, wenn der Pfiff ausblieb, weil das bedeutete, dass ich ihm nicht gefiel. Auch das war nicht normal.

„No Means No" war ein Gedanke, der sich in elitären amerikanischen Universitätszirkeln allmählich verbreitete; wir vom Biologismus verfolgten Europäer waren davon noch weit entfernt. Männer waren eben so.

In Ahmads und meinem Fall galt das archaische Gesetz: Ein Mann und eine Frau können nicht allein sein, ohne dass der Mann über die Frau herfällt. Mein Fehler war, dass ich solche Gesetze für überwunden hielt und darum glaubte, ich könne die Nacht bei ihm verbringen, ohne mit ihm zu schlafen. Er ging selbstverständlich davon aus, dass er, wenn ich freiwillig bei ihm übernachtete, das Recht habe, mit mir zu schlafen.

Gleichermaßen pikant wie irrsinnig war, dass diese Situation in einem deutschen Asylbewerberheim entstand, mit Dutzenden sexuell ausgehungerter junger Männer unter demselben Dach. Die Realität ist zu grenzenlosem Zynismus in der Lage, die Fiktion nur selten. Ja, ich übernachtete freiwillig in einem Asylbewerberheim. So naiv war ich. Das Gleiche passierte mir noch ein weiteres Mal – natürlich im Urlaub –, diesmal allerdings völlig unvorbereitet und unfreiwillig. Ich mietete ein Zimmer in einer französischen Jugendherberge, ohne zu wissen, dass diese in ein Flüchtlingswohnheim umgewidmet worden war. Nachts streiften Grüppchen von Afrikanern durch mein Zimmer, um mich im Schlaf zu betrachten, womit sie sich wenigstens zufriedengaben.

Ahmad hatte es mittlerweile nach Deutschland geschafft, zu einem anderen Cousin, der in der Nähe von Stuttgart lebte. Da er einen Asylantrag gestellt hatte, wohnte er nicht bei dem Cousin, sondern musste sich im Asylbewerberheim aufhalten. Trotzdem lud er mich ein, ihn zu besuchen, und ich folgte der Einladung. Glücklich über meine Zusage bat er seinen Zimmernachbarn, am Tag des Besuchs auf seinen Schlaf zu verzichten und die Nacht woanders zu verbringen. Er hatte aber doch nicht an alles gedacht; denn spät am Abend zog er durch die Wohnräume des Heims, um bei irgendjemandem ein Kondom zu schnorren. So modern war er immerhin.

Aus heutiger Sicht war die Unterbringung durchaus menschenwürdig. Zwei Leute in einem nicht zu kleinen Raum mit getrennten Betten, das können Flüchtlinge in Deutschland heute nicht mehr erwarten. Der Fußboden war schmutzig, und die Tapete blätterte ab; aber es war nicht schlimmer als mein Hotelzimmer in Rom. Während ich auf Ahmads Rückkehr wartete, überlegte ich, wie ich meiner Lage entfliehen könnte, die ich inzwischen als brenzlig einstufte. Andererseits war ich neugierig. Neugierig, was es mit dem Mythos des orientalischen Liebhabers auf sich hatte – in einer Umgebung wie dieser, wie blöd kann man sein!

Und neugierig war ich auch darauf, wie weit Ahmad gehen würde, um sein Ziel gegen meinen Willen durchzusetzen. Das interessierte mich tatsächlich. Ich habe mich oft gefragt, was eigentlich mit der männlichen Würde los ist. Warum es so schwer ist, Männer zu demütigen, wenn es um Sex geht. Macht es ihnen nichts aus, wenn eine Frau sie aufdringlich, unattraktiv, ja widerwärtig findet? Glauben sie es einfach nicht, oder sind Frauen zu zurückhaltend, um ihnen diese Meinung klar und deutlich zu vermitteln? Letzteres ist, glaube ich, ein großes Problem. Frauen sind zu höflich. Schließlich will man niemanden verletzen. Prinzipiell – so hat man es mir beigebracht – respektiere ich erst einmal meinen Nächsten, und wenn er sich scheiße verhält, schiebe ich es eher auf seine Unfähigkeit als auf bösen Willen. Wahrscheinlich hat man umgekehrt Männern beigebracht, dass Frauen vieles verzeihen, und darum nehmen sie deren Ablehnung nicht sonderlich ernst, falls sie sie bemerken sollten.

Ahmad war die Sache hinterher zwar peinlich, weil er sehr wohl spürte, wie wenig Freude mir unsere sexuelle Begegnung gebracht hatte, aber alles, was ihm dazu einfiel, war, mir zu versichern, dass er es beim nächsten Mal „besser machen" würde. Mit diesen Worten verbrämte er seine Ejaculatio praecox, die im Übrigen sein Problem war, nicht meines. Er müsse erst lernen, sich zu beherrschen, sagte er, weil er mich so lange begehrt habe. Dann werde es endlich sein wie mit der Freundin auf dem Esstisch.

Es gab kein nächstes Mal. Wenigstens war es mir gelungen, ihm vor Augen zu führen, wie gänzlich unpassend sein Verhalten war, und ich hatte eine Art Entschuldigung gehört. Aber war es das wert gewesen, sich dafür missbrauchen zu lassen? Ich weiß es nicht. Vielleicht hätten wir uns beide in Illusionen gewiegt, wenn ich mich geweigert hätte. Vielleicht haben wir beide etwas dabei gelernt. Vielleicht auch nicht.

Ahmad hatte mich erpresst. „Wenn du in meinem Haus bist, musst du mit mir schlafen." Das sagte er wörtlich, sogar mehrfach. Man kann nicht behaupten, dass er mich nicht gewarnt hätte. Dass das Haus nicht sein Haus war, sondern einer Kommune in Baden-Württemberg gehörte, tat nichts zur Sache. Gewiss, ich hätte nachts auf die Straße laufen können, um mich ihm zu widersetzen. Nachts, in einer fremden Kleinstadt ohne Busverkehr, ohne Geld. Das hätte ich tun können. Ich hätte zur Polizei gehen können. Dass ich es nicht tat, genügte mir, um die Schuld auf mich zu nehmen. Ich war schuld, weil ich mich nicht gewehrt hatte. Frauen waren selbst schuld. Menschen waren alle selbst schuld. Nur die hungernden Kinder in Afrika nicht. Nur die Juden nicht. Nur die Arbeiter nicht, die nicht lesen und schreiben konnten und ihre Kinder verprügelten. Nur die Kriegsflüchtlinge nicht. Die nicht. Natürlich, die nicht. Aber ich, ich war ganz allein selbst schuld.

Meine Bekanntschaft mit Ahmad war eine Hypothek, die ich aus dem Urlaub mitbrachte und die mich einige Jahre belastete. Sie war jedoch nicht die einzige Bürde, die ich mir unterwegs aufhalste. Wenn ich heute zurückblicke auf den Reigen meiner Reisen, scheint es mir, wie ich bereits schrieb, dass Urlaub vor allem aus Herausforderungen besteht. In meinem damaligen Leben bestand eine der wichtigsten Herausforderungen darin, nicht zum Opfer männlicher Übergriffe zu werden, zumindest nicht zu häufig. Zumindest nicht so, dass man dauerhaft Schaden nahm. Was kaum vermeidbar war, wenn man ehrlich zu sich selbst ist.

Allgemein scheint es mir, dass in der ersten Hälfte des Lebens die Herausforderungen von außen kommen, in der zweiten von innen. Lange Zeit muss sich eine Frau gegen die Zumutungen der Welt behaupten, und zwar so lange, bis sich die Welt nicht mehr für sie interessiert. Dann muss sie damit klarkommen, dass die Welt sich nicht mehr für sie interessiert. Erst muss sie lernen, wer sie ist, um sich abgrenzen und verteidigen zu können. Dann muss sie genau das wieder vergessen. Vergessen, wer sie ist und was sie ist. Aushalten, dass sie nichts ist. Verharren, abwarten, beobachten.

Das ist das Schwerste. Besonders in den Ferien. Den Faschismus des Alltags hinter sich lassen und auf den Hochsitz des Jahresurlaubs klettern. Das ist ungefähr so schwer, wie die Erdumdrehung wahrzunehmen. Wir rasen ja nicht nur mit gewaltigem Tempo durchs Weltall, sondern auch durch unser Leben.

Ist die Frau dann 30 Jahre nach dem Sommer in Rom in einem Landhaus in Portugal angekommen, vor sich hektarweit nur Macchia und Korkeichen, dann sitzt sie da und starrt auf die Landschaft, betäubt und schwindelig von der abrupten Vollbremsung. Dann soll sie sich erholen. Oder sich auf sich selbst besinnen. Kreativ sein, neue Gedanken entwickeln, alte Gefühle wieder auffrischen. Kein Wunder, dass das nicht funktioniert. Zuverlässig stürze ich jedes Jahr von Neuem von meinem Hochsitz ab, hinein in die wattigen Arme der Urlaubsdepression.

Ich sehe all die Schönheit um mich herum. Die Korkeichen locken mir willenlose Tränen hervor. Mein Gehirn wendet erlernte Kategorien der Idylle an. Es misst den Grad der ästhetischen Perfektion, vergleicht das Panorama mit anderen, zuvor erblickten, es bewertet, fällt ein Urteil. Ja, es hat sich gelohnt. Ja, die Aussicht ist ihr Geld wert. Ja, ich habe wieder ein Händchen gehabt für die Wahl des idealen Urlaubsziels. Ich und Millionen andere. Alle, die es sich leisten können.

Mein Gehirn registriert die Stille, die in Wirklichkeit ein leichter Film aus Vogelstimmen und Windrauschen ist. Es registriert das berühmte mediterrane Licht, das alles so tief erscheinen lässt, dass ich nicht einmal eine Brille brauche. Es registriert die körperwarmen, jeden scharfen Kontrast meidenden Farben, den Duft der Zistrosen, der sowohl süß als auch herb ist. Es registriert die Brise, die aufmunternd über die welke Haut streicht. Es registriert die Hoheit der Sonne, die über allem und außer Zweifel steht, eine wahre Königin, prachtvoll und furchtbar zugleich.

All das spüre ich. Und doch sitze ich da und bin nicht glücklich. Sondern stelle mir die alten Fragen der Menschheit: Was hat das alles mit mir zu tun? Existiert es auch ohne mich? Existiere ich? Ist Schönheit eine Erfindung? Wie lange können die Dinge bleiben, wie sie jetzt sind? Wie lange dauert ein Augenblick? Und auch: Was mache ich hier? Gehöre ich überhaupt hierher? Warum bin ich 3000 Kilometer geflogen, um hier zu sein? Was ist der Sinn dieser routiniert angetretenen Reise? Zerstöre ich in Wirklichkeit das, was ich sehe, allein dadurch, dass ich es sehe, wie in Fellinis Film „Roma", wo die römischen Wandmalereien, welche die Arbeiter beim U-Bahnbau entdecken, im selben Moment verblassen, als das Tageslicht auf sie fällt? Zum ersten Mal seit 2000 Jahren sind sie für einen Augenblick sichtbar und dann nie wieder.

Wann ist es passiert, dass wir aus der Welt gefallen sind? Seit wann sind Menschen nicht mehr Teil der Gegenwart, sondern nur noch deren Gegen-Teil?

Da sitze ich und schaue auf die Landschaft. Die nicht ich ist und nicht Spiegel und nicht Rahmen und nicht Wirklichkeit.

Oktober 2018

CORONAFERIEN

I.

Es wird still um uns.

Seit dem Beginn der Seuche werden die Menschen von Tag zu Tag verhaltener und die übrige Welt hörbarer. Ich lausche dem triumphalen Gezwitscher der Vögel am Morgen. Man könnte glauben, es liege am Frühling, aber es ist ein Sieg, den sie besingen. Es tönt wie Hohngelächter.

Die Gespräche der Menschen verhallen ungehört. Ihren Stimmen fehlt die Kraft, den Worten sowieso. Kleinlaut stehen Leute an der Haltestelle und warten auf einen Bus, der nicht kommt. Ihr Zug ist abgefahren. Niemand holt sie ab. Während sie stehen und warten und verstummen, wandert eine Ahnung über ihr Gesicht. Die Ahnung, vergessen worden zu sein. Von Zeit zu Zeit setzen sie zu einem Winken an. Aber es kommt keiner vorbei, dem sie zuwinken könnten. Manchmal entringt sich ihnen ein kleiner, spitzer Schrei, ein Energiestoß, den sie nicht zurückhalten können. Mit jedem Mal entleert sich der Akku mehr.

Zu den Füßen der Menschen krabbeln Feuerwanzen, aus dem Winterschlaf erwacht, über einen Baumstamm. Eine Spitzmaus huscht ungesehen vorüber und sammelt ein paar von ihnen ein. Bald werden Tiere über die Stadt herrschen. Vielleicht tun sie es schon längst, und wir haben es nicht bemerkt. Haben uns nur gewundert, warum Füchse nicht davonlaufen, sondern unbekümmert dasitzen und uns groß ansehen. Lautlos, mit tiefem Blick. Wenn erst den Blicken Taten folgen, dann werden sie uns Maul und Ohren stopfen.

In der Ferne schwebt leise Musik. Wer hat sie gemacht? Wo geht sie hin?

Ich höre. Ich gehöre. Ich höre auf. Ich gehöre hin.

Die Stadt erwacht mit ihren Klängen, sagt man. Ich erinnere mich. Ein Martinshorn zerreißt die Luft, bohrt sich in die Schläfen wie das widerwärtige Geräusch des Bohrers beim Zahnarzt. In meiner Kindheit wurden noch regelmäßig Luftschutzsirenen getestet. Kein Geräusch hat mir je größere Angst eingeflößt.

Stadt ist Lärm. Die Straßenbahnen rumpeln, als wollten sie entgleisen. Wumm wumm wumm macht die Dampframme auf dem Alex. Aufregende Kakophonie. Reizüberflutung in der Mokkabar. Erschöpfungssyndrom.

Die Stadt geht mit ihren Klängen schlafen. Ich erinnere mich. Die Nacht breitet ihre

Flügel aus und legt einen Vampirschatten über die Stadt. Die Autobahn ist mein Meeresrauschen, mein Tinnitus, bis zum frühen Morgen.

Über der Stadt liegt eine Kuppel aus Klang. Tag und Nacht hängt sie dort. Den Himmel sehen wir fast nie. Die undurchdringlichen Wolken hauen den Lärm in Stücke und uns um die Ohren. Das Universum bleibt ruhig. In mir pflanzt sich die Ruhe fort. Zelle für Zelle breitet sie sich aus, legt meine Nerven still, lähmt meine Glieder und meine Zunge. Ruhe ist Gift und Ambrosia in einem. Aber was haben wir erwartet.

II.

Jetzt fängt es an. Es fängt da an, wo es aufgehört hat.

Ich stehe auf, schließe das Fenster, sperre den Spott der Vögel aus, will nicht mehr hören, will jetzt selbst andere bloßstellen und krachend die Welt erfüllen.

Auf der Straße komme ich an wächsernen Puppen vorbei. Ich gebe ihnen einen Schubs, sie fallen um und zerspringen. Es tut mir leid, aber sie haben ihr Soll erfüllt. Ich trampele die Splitter der Menschen in den Boden, bis die Straße mit einer spiegelglatten Schicht bedeckt ist. Auf dieser Schicht schlittere ich vorwärts. Die Straße steigt an wie eine Rampe, sie katapultiert mich in die Luft, ich fliege. Dann reiße ich den Himmel auf, fetze die dicken Wolken herunter und lasse sie fallen. Sie schaukeln zu Boden und hüllen die Stadt in ein weiches, sanftes Kleid, das die allerletzten Klänge verdickt. Von oben quillt klares Licht zu mir herunter. Ich bade darin, und es zuckt mit Gewissheit durch mein Gehirn. Von nun an weht ein frischerer Wind. Jetzt werden andere Saiten aufgezogen. Mit der Menschheit ist es aus. Die Stadt muss ein- für allemal schweigen, ihre Klänge verrauschen, ihre Wärme aufgesogen werden in der Kühlkammer der Ewigkeit.

III.

Ich schlage die Augen auf. Meine Ohren bleiben unverschlossen. Es ist etwas zu hören. Ich liege unter einer Decke, und es ist etwas zu hören. Nicht viel, nur ein leises Summen, aber immerhin. Ein Anfang. Es ist noch Leben in diesem Ort. Vereinzelt. Wenn ich aus dem Fenster schaue, entdecke ich nicht nur einen Vogel, der über das Dach trippelt, sondern auch Rauch am Himmel, eine graue Säule vor weißer Wolkenbrandung. Menschen. Es gibt Menschen. Wie auch nicht? Eine Welt ohne Menschen – unvorstellbar. Sie kriechen aus verschiedenen Winkeln, begegnen, beglückwünschen und umarmen sich. Sie leben. Sind stärker geworden. Sie haben überlebt. Bald werden sie Städte bauen, Maschinen ankarren, Platz schaffen, Ordnung machen. Mit größter Selbstverständlichkeit werden sie in die Häuser hineingehen und herausschauen. So wie ich.

Ich halte mir die Ohren zu. Ich klebe meine Lider zusammen. Ich ziehe mir die Decke über den Kopf. Wo ist die Stadt? In meinen Gedanken. Keine Seuche kann sie ausrotten, kein Blitz sie je treffen.

IV.

Wandrer, gehst du nach Haus,
Endet einmal die Hast,
Hoffst wohl ins Blaue hinaus,
Da wartet dein eigener Gast.

Wandrer, kommst du zu mir,
Bring mir ein Blättchen von dort,
Nimm auch die Stille mit dir,
Vergehen wird sie vor Ort.

Wandrer, bist du gewesen,
Eben war gestern noch hier,
Hast die Nachricht gelesen,
Zerreiß das leere Papier.

13. März 2020,
am Tag vor dem ersten Lockdown